猪飼野《いかいの》物語

済州島からきた女たち

元秀一《won sooil》

草風館

目次

猪飼野物語

——済州島からきた女たち

運河

左足を日出峰《イルチユルボン》に右足を牛島《ウド》にそれぞれ掛けてよっこらしょっとかがみこんだ先門大老婆《ソンムンデハルマン》（伝説上の巨人）が大量に放尿したために今も海流が急だと伝えられている済州島《チエジユド》から渡来した済州島人《チエジユツサラム》は猪飼野《いかいの》に朝鮮市場をひろげた。朝鮮市場はたとえてみればミミズの消化器官のようなものだ。疎開道路に面した御幸森《みゆきもり》神社を口として真っ直ぐ下りぽろんと肛門から出たところが運河というわけだ。

この運河に出入りするいかだのように善姫《ソンヒ》の陰部に金玉三《キムオクサム》の一物が出入りした結果、「おんぎゃあ」と生まれ出たヒテカッチャンは「ひでかず」とも「ヒテカス」とも呼ばれて呼称が一定しなかった。ヒテカッチャンに「英和」の名を付けた金玉三《キムオクサム》は須佐之男命《すさのおのみこと》の末裔同様流暢に「ひでかず」と言えたが、済州島《チエジユド》の言葉が漢拏山《ハルラサン》の玄武岩のように凝固した善姫《ソンヒ》は舌をどう調教しても「ヒテカス」としか発音できなかった。だから、愛称である「ヒテカッチャン」は「ヒテカスチャン」が詰まったものと言える。

善姫《ソンヒ》の乳房に育まれたヒテカッチャンが両親を呼ぶ場合、「お父《とう》さん」「お母《かあ》さん」とは異質な「お父《と》ちゃん」「お母《か》ちゃん」となるのは当然だった。

ヒテカッチャンが生まれた一九五〇年には朝鮮戦争が勃発した。資本主義国の新聞は「北」が三十八《サンパ》度線《ルソン》を越えて南進したと書きたてれば、社会主義国は「南」が北進したと情宣した。もちろん、ヒテカッチャンには事の真相を知る術などなかった。ただ、原初の自我がむっくり起き上がってガラスに映る自分というものを奇異に感じる幼児期のある時、ちょうど朝鮮市場の裏手で煎じ薬を商う伯父《クナボジ》の家で祖先様《チョサンニム》の祭祀《チェサ》があった晩、ヒテカッチャンは猪飼野において滑稽な代理戦争があったことを知った。

それはこのようなものだった。

家内工業の一日の仕事を終えた済州島人《チェジュッサラム》が集う所は七福温泉であった。腹の中が真っ赤であろうが真っ黒であろうが裸になって七福温泉名物の釜風呂に入れば同族の誼《よしみ》で歓談するのが習わしとなっていた。しかし、三十八度線《サンパルソン》をはさんで戦争が勃発するや、「共産思想」と「自由思想」が真っ向から対立した。

「共産軍、一気に釜山まで南下」という報に接するや、赤いタオルを腰に巻いた「北」側の済州島人《チェジュッサラム》は「キム・イルソン(金日成)マンセー(万歳)」と叫びながら「南」側の済州島人《チェジュッサラム》を熱い湯船の中に追い詰めて睾丸をふやけさせた。

ところが、「連合軍仁川に上陸、窮地に立つ共産軍」の号外が猪飼野にばらまかれたとたん形勢は逆転した。黄色いタオルを腰に巻いて「イー・スンマン（李承晩）マンセー（万歳）」と勝ち誇る「南」側によって釜風呂の密室に閉じ込められた「北」側は睾丸が鶏の蒸し焼きになるほど痛めつけられた。

　畳の間に設けた宴席で男たちがふんぞり返り議論を戦わすのを横目に見ながら、台所の板間でのみすぼらしい宴席を陣取る女たちは嘆息と哄笑を交えて話に興じる。

「そやげ、この子のお父《と》ちゃん七福温泉入った時、〝北〟側のおっさんら釜風呂中《なか》押し込まれたところやった」と言って善姫《ソンヒ》は一息入れるとヒテカッチャンの口に指でつまみあげた豚肉をこじいれる。ヒテカッチャンは「うっ」と喉を詰まらせて咳き込む。善姫《ソンヒ》はなんら頓着することなく話を続けた。

「この子のお父《と》ちゃん裸なって丸見えなった金玉《きんたま》手拭で隠す間ないくらいあっという間に〝南〟側のおっさんらにつかまって釜風呂のとこまで連れていかれた」

「ほんで、玉三《オクサム》も中《なか》入れられたか」

　旺盛な好奇心を平たい顔にはりつけて小《ち》さい姑母様《コモニム》が訊く。酒臭い小《ち》さい姑母様《コモニム》には気が抜けない。すきあらば半ズボンの裾からごつごつした手を差し入れてヒテカッチャンの無垢な一物をまさぐる。

「なにすんねんな」とからだをよじって逃げるヒテカッチャンの背後に「おっさんいてないカワソ（可哀相）なコモ（姑母）にちょっとだけ触らせてや、ハッハハ」と笑いの混った哀願が追っかける。だから、ヒテカッチャンは小《ち》さい姑母様《コモニム》の手から目を離さずに善姫《ソンヒ》の話に耳を傾けた。

「こない言《ゆ》たら何やけど、この子のお父《と》さん男前やろ、姐《ね》さん」

「私はこの子のほうが男前や思うで」と言って小《ち》さい姑母様《コモニム》はヒテカッチャンの顔を見詰める。ヒテカッチャンは顔を赤らめてうつむく。

男たちの宴席では麻雀の必勝法から外国人登録法の不当性を経て祖国統一のあり方まで議論が展開していた。

善姫《ソンヒ》は小《ち》さい姑母様《コモニム》の反論にはコメントを加えないで先を続けた。

「男前はいつの時代でも得することなってる。この子のお父《と》さん白い手拭持ってたけど、それは何も降参した印違う。中立の立場言《ゆ》こと表わしてる。〝南〟側のおっさんこの子のお父《と》さんにどっちか立場はっきりせ言《ゆ》て迫ったやげ、姐《ね》さん。この子のお父《と》さん何言《ゆ》たか言《ゆ》たら、『わしは金日成も李承晩も好かん』て言《ゆ》た。『ほんだら、何が好きや』て〝南〟側のおっさん訊くから、この子のお父《と》さん『女が好きや』て言《ゆ》た。そしたら、〝南〟側のおっさんつくづくこの子のお父《と》さんの顔見て、『なるほど、男前はそういうことか』言《ゆ》て裁判打ち切ったやげ」

午前零時を合図に始まった祭祀《チェサ》とそれに続く宴席であるだけに午前一時を回ったところでまぶたがとろんとしたヒテカッチャンの目に真鍮の器に酒を注いでぐいっとあおる小《ち》さい姑母様《コモニム》の扁平な顔にだぶって、もやしをつまむ大《お》きい姑母様《コモニム》の石仏様《トルブチョニム》のような丸い顔が映る。大《お》きい姑母様《コモニム》は半ズボンの裾から手を入れる真似はしない。しかし、富者にありがちな傲慢さと冷淡さがあった。

ヒテカッチャンはうだつのあがらない玉三《オクサム》が大《お》きい姑母様《コモニム》の傲慢さと冷淡さが鼻につく度に、「戦争のお陰で一山当てたくせに」と陰口をたたくのを聞いた。

大《お》きい姑母《コモ》様《ニム》から見れば貧民窟でしかない万才荘は運河をはさんで七福温泉の対岸にあって、ゴム工場をごくおおざっぱに改造したアパートであることを明かす先門大《ソンムンデ》老婆《ハルマン》の片足ほどもある巨大な煙突が屋根を貫いて猪飼野の空に突出していた。共同炊事場を取り囲む迷路のような廊下に付随した漢《ハル》拏《ラ》山《サン》の洞窟の数ほどある部屋のなかで多少とも高級なのは太陽の光が差し込む東端と西端に並ぶごく限られた二階の部屋であるわけだったが、東端のほうが窓を開ければ機械工場の錆びたトタン塀が見えるのに比べて、猪飼野を縦貫する運河に面する西端は見晴らしがよくきいた。

金玉三《キムオクサム》一家は万才荘の中で多少とも高級な西端の二階の一角に住む幸運に恵まれていたうえに、窓から階下のパン屋にひもをつけた籠を下ろせば朝食が手に入る優雅さもあった。籠の上げ下げはヒテカッチャンの役目だったが、毎朝この優雅さにひたる経済的な余裕は金玉三《キムオクサム》一家にはなかった。ヒテカッチャンが優雅な役目を担うのはごくたまの朝のことで、大抵はあるもので間に合わせるのがやっとだった。

だから、七福温泉とかまぼこ製造工場とにはさまれた貸自転車屋「みつわ」にたむろする遊び仲間を妬ましげに窓から眺める寂しい役目のほうがヒテカッチャンには多かった。

サドルに悠然と青い尻をつけてペダルを踏む上品な仲間は一人もいない。誰もが競輪選手も顔負けするような乱暴なこぎかたで運河を一周する。「みつわ」の自転車は錆止めの塗料を塗った鉄パイプを組み立ててゴムタイヤを装着しただけといった感じのものだったが、丈夫さは申し分なしだった。少々ぶつけようがびくともしなかった。

運河の底をざるでさらって鉄屑をあさるがたろうを父に持つ正男はとりわけ自転車こぎの名手だった。正男は自転車に飛び乗るなり猛然とダッシュし、七福温泉をかすめてあっという間に万才橋を越えるとほぼ直角に左に折れてスピードを緩めることなく直進する。その素晴らしさに思わずヒテカッチャンは窓からからだを乗り出して手を振る。ちらっと上目遣いにヒテカッチャンを一瞥する正男は小さく手を上げて挨拶を返しそのまま奥田橋のほうへと遠ざかる。

がたろうの父に倣って猪飼野の路地を歩いて鉄屑を集めて自転車のレンタル料を稼ぐたくましさが正男にはあった。

ヒテカッチャンが「みつわ」の自転車に乗れる機会は秋夕《チュソク》（陰暦八月十五日）のときぐらいだった。祭祀《チェサ》とは違って朝のうちに儀式と宴が執り行なわれて昼間からほろ酔い加減になる小《ち》さい姑母様《コモニム》は無垢な一物をつかむ手に五円玉を一個のせてヒテカッチャンに差し出す。

「おおきに」と言ってヒテカッチャンが鈍く光る五円玉を掠め取ろうとすると小《ち》さい姑母様《コモニム》は掌を閉じる。

「コモとこ遊びに来るか」

口からでまかせにヒテカッチャンは「うん」と返事する。

「いつ」

たけの長いスカートの裾を足首まで引っ張って両膝を立てた小《ち》さい姑母様《コモニム》はまるで神房《シンバン》（済州島のシャーマン）のような恰好で掌を開けたり閉じたりする。頭の中に「みつわ」の自転車にまたがる自分自身の姿を想い描くヒテカッチャンはいてもたってもいられない。

見るに見かねて善姫《ソンヒ》が口を出す。

「姐《ね》さん、うちの息子あんまりいじめんとってや」

「可愛いからやげ、ハッハハ」

ひとしきり笑うと小《ち》さい姑母様《コモニム》は五円玉をヒテカッチャンの掌に握らせる。

本当に価値ある五円玉をしっかり持つ手を半ズボンのポケットに入れてヒテカッチャンは煎じ薬の匂いがたちこめる伯父《クナボジ》の家を飛び出し朝鮮市場を駆け抜ける。残暑の日差しが照り返る運河沿いの道は猪飼野特有のにんにくの芳香に混在していかだの生木の匂いがつんと鼻をつく。メダカが泳ぎアメンボが水面を滑る運河に浮かぶいかだの上をとび跳ねて遊ぶよそものたちの一群が視野に入る。

「おうい」とよそものの一人が呼びかける声はヒテカッチャンの耳には届いても振り返させるまでにはいたらない。

奥田橋のたもとを過ぎる少し前あたりから対岸の斜め上空に万才荘の屋根から突出した先門大《ソンムンデ》老婆《ハルマン》

の片足ほどもある煙突が見える。

秋夕《チュソク》ということで仕事を止めた猪飼野の街は穏やかな喧騒がさざなみを打ち路地から踊り出る鶏の鳴き声がひときわ響く。いつもなら鶏を追い回して戯れるヒテカッチャンはこのときばかりは相手にしない。ただ、駆けて来た勢いでハードルの選手のように鶏のとさかかすめてジャンプするぐらいの芸当はやってのける。

すでに「みつわ」の周辺には正男を中心に仲間たちが集まっていた。動悸が高まる心臓はいまにも破裂しそうだったにも拘わらず、ヒテカッチャンは「ヤッホー」と声を張り上げてラストスパートをかける。

それはヒテカッチャンの幸福の瞬間だった。


ヒテカッチャンが小学生予備軍になった齢といえば、大《お》きい姑母様《コモニム》が副業ではじめたヘップサンダルが成功した年にあたり、この頃から貼工になるとひと儲けもふた儲けもできるという「貼工伝説」が済州島《チェジュド》に広まって、実際、親戚を頼るなり親戚が駄目でもどうにかなるわいと思い切って対馬海《テマドッパ》峡《ダ》を越える海女が跡を絶たなかった。

大《お》きい姑母様《コモニム》にしろ小《ち》さい姑母様《コモニム》にしろ、元来、先門大老婆《ソンムンデハルマン》が放尿したと伝えられる海に潜ってアワビを採る海女の血筋を引いていて日帝時代《イルチェシデ》には季節になると猪飼野から対馬島海峡《テマドッパダ》を越えて済州島《チェジュド》に渡っていた。

小《ち》さい姑母様《コモニム》は酒に酔って気分が出ると周囲に誰がいようと構うことなく海女の歌を歌ったものだ。それは善姫《ソンヒ》が揺り籠《アギクドク》をゆらしながらよく口ずさんだ子守歌同様済州島の言葉でヒテカッチャンには理解できなかったが、郷愁の澱《おり》が心に残る不思議な旋律だった。

「小《ち》さい姑母様《コモニム》貼工なったやげ」

そう善姫《ソンヒ》が告げたときにはすでに「みつわ」が廃業し、運河がヘドロ化してメダカとアメンボはもちろんのことがたろうの独特の作業風景は見られなくなっていた。

一条通り（猪飼野のメーンストリートで運河と平行に南北に伸びている）の映画館「後楽館」の裏手にある大《お》きい姑母様《コモニム》の貼場に遊びに行くと、ヒテカッチャンは小《ち》さい姑母様《コモニム》がバンドの吊りこみをしながら酔ったときのように海女の歌を景気よく歌うのを聞いた。

それにしても、大池橋と今里ロータリーを結ぶ幹線の中間地点よりやや南寄りにあるパレス座の筋を奥に入ったところにひしめく歓楽街の新地で働いていた小《ち》さい姑母様《コモニム》が、無垢な一物をまさぐろうと半ズボンの裾から差し入れる右手にヘップ用の刷毛を握りしめている姿はヒテカッチャンにとってまったくのところ奇異な感じがした。しかし、奇異な感じは見知らない街に迷いこんだときに覚える違和感程度のもので、慣れてしまえば貼工の小《ち》さい姑母様《コモニム》が本当の小《ち》さい姑母様《コモニム》に思えた。

「どや私のチョッカ（甥）可愛いやろ」

小《ち》さい姑母様《コモニム》は圧着機の音を圧倒する声で他の貼工たちにヒテカッチャンを自慢する。

「小学校《そかっこう》何《な》年《ねん》」

たったいま対馬島海峡《テマドッパダ》を渡ってきたばかりという印象の太った貼工が訊く。

「来年小学校入るやげ、姐《ね》さん」

小《ち》さい姑母様《コモニム》の説明に太った貼工は、

「アイゴ、からだ大《お》っきから小学校《そかっこう》二年くらい思た」と感嘆する。

「私のチョッカ大《お》っきのからだだけ違う。付いてるもんも大《お》っきやげ」

「食べたいな」

ピノキオのようにやせ細った貼工が合の手をいれる。

「コッチュジャン（唐辛子味噌）つけてか」

小《ち》さい姑母様《コモニム》が吊りこんだバンドをアッパーにつけながら言う。

「生《なま》でええ」

「生はよかったな、ハッハハ」

貼場が快活な笑いで埋まる。ヒテカッチャンは半ズボンの裾から手を差し入れられているようなくすぐったい気分だった。

化学糊の異臭に頭がふらつく貼場を出ると後楽館の銀幕からひび割れた俳優の声と共に効果音が聞こえてくる。

貼りの仕事が手待ちになるたびに、小《ち》さい姑母様《コモニム》は貼工仲間を引き連れて後楽館にくりだす。だから、手待ちのとき遊びに行けばたいがい後楽館にお供する幸運にありつけた。

出し物が嵐寛寿郎主演の「鞍馬天狗」ならヒテカッチャンは「やった」とおおはしゃぎだった。映画が終了して後楽館の外に出ると映画の夢幻と一条通りの喧騒が錯綜してヒテカッチャンは宙に浮いたような妙な感覚にとらわれる。

その感覚にとらわれたまま小《ち》さい姑母様《コモニム》に「おもしろかった」と礼を言って別れるや、ヒテカッチャンはすっかり鞍馬天狗になりきる。

「杉作待っておれ」とひとりごとを言い、馬に跨がったつもりでひずめの音を口ずさみながら新撰組が杉作を人質に待ち伏せする勝山公園をめざす。警察署と税務署、それに区役所に囲まれた勝山公園は一条通りを真っ直ぐ南に下り桃谷から大池橋に至る大通りにぶつかったところで右に曲がるとすぐそこにある。

西日に照らされた勝山の池に落ち込む丘陵をダンボールやベニヤ板といった類のそりですべる仲間の一人が「ヒテカッチャン」と手を振りあげる。ヒテカッチャンは歓喜に打ち震えて「鞍馬天狗参上」と告げるなり一気に丘陵を駆けあがる。

さて、後楽館の出し物が三益愛子の母物語のときは退屈と窮屈の責め苦にあえぐ羽目になる。内容が面白くないうえにヒテカッチャンは三益愛子と一心同体となってむせび泣く小《ち》さい姑母様《コモニム》にからめとられ頭のてっぺんに同情の涙が混ざった洟水《はなみず》が滴るのを甘受しなければならない。

太った貼工も痩せ細った貼工も小《ち》さい姑母様《コモニム》に合わせてむせび泣き二人して思いっきり洟をかむ。その音が館内に響いて映画の効果音を蹴散らす。

子宮の中に閉じ込められたように小《ち》さい姑母様《コモニム》に抱きすくめられたヒテカッチャンは「なんで鞍馬天狗違うかってん」と運の悪さを呪いながらも暗がりを穿つ映写機の投光に浮かぶ塵をぼんやりと眺め遠い彼方に引き込まれていく。

「終」印のシーンが映し出されるとともに半透明地の幕がゆっくり閉じられて、いままさに消えようとする映像が水底から浮かび上がるように波打つ幕に揺らめく。

館内に点燈された明りに暗がりは引き剝がされ小《ち》さい姑母様《コモニム》と貼工たちが立ちあがった拍子に跳ね上がった椅子が背もたれとぶつかるバタンという音にヒテカッチャンは現実に戻る。

退屈と窮屈さから解放された喜びの後を映写機の投光に塵が浮かぶ暗がりにもっと包まれていたいという思いが追いかける。

「アイゴ、カワソ（可哀相）やった。ヒテカッチャンはお母《か》さん大事しなあかんで」

小《ち》さい姑母様《コモニム》の訓話もヒテカッチャンの耳には入らない。

御幸森《みゆきもり》神社から繰り出した山車《だんじり》が疎開道路を練り歩き一条通りを突っ切り、万才橋を越えて猪飼野新橋のほうへと遠ざかる夏祭りの興奮が醒めた頃に、さながら先門大老婆《ソンムンデハルマン》が済州島《チェジュド》の海に放尿した勢いが猪飼野にまで及んだかのように運河が氾濫し、万才荘の階下はすべて床下浸水となる。

玉三《オクサム》が何か訳のわからない仕事に手を出しては失敗を重ねていたうだつのあがらないときであれば、善姫《ソンヒ》は、

「チッチ、ちょうどええわ。買い物行くにも買う金無いから」と皮肉っては玉三《オクサム》の激怒を買ったものだった。

大《お》きい姑母様《コモニム》のお蔭で玉三《オクサム》がヘップの内職の親方となってからは、善姫《ソンヒ》の心にも余裕ができて、洪水の光景を眺めながら、

「アイゴ、買い物行かれへん」と正真正銘の愚痴をこぼす。

ヒテカッチャンにとってはそうした善姫《ソンヒ》の気持ちのありようなどに頓着することなく、小舟で配給される乾パンが洪水による禁足を補って余りある。

乾パンを受け取るとヒテカッチャンは蛇のようにくねった廊下を膝まで泥水に浸かりながら、万才荘の敷地内の裏手にある白いコンクリートが崩れて吹き曝しとなった通称「おいらのひろば」に遠出に行く。

春から夏にかけて「おいらのひろば」では白いコンクリートを直射する太陽のまぶしい日差しと垂直に交わるように工夫して絵を焼きつける日光写真遊びが隆盛を極めた。

雲の切れ目から差し込む太陽の光に乾いた白いコンクリートの高台に上がって乾パンをばりばり嚙みくだくヒテカッチャンの脳裏にある光景がよぎる。

景気がいいことを裏付けるかのように玉三《オクサム》が意外にもポケットから取り出してくれた小遣いを固く握りしめて万才荘と路地一つ隔てた角の駄菓子屋の「うめや」に飛び込んだところ、べったん（めんこ）にビー玉それにバイといった勝負事にかけてはがたろうの息子の正男以上に腕の立つ虎ちゃんがいた。

「うめや」のおばちゃんはせんべい、飴、すこんぶ、にっき、べろべろ等の菓子類を並べた台の奥まった所に立ったきり、まるで表を往来する人達に挨拶するかのように彼方に視線をやり、洟たれ小僧が手にした物を差し出して、

「これなんぼ」と訊けば、

「はいはい、一個一円ですよ」といった具合にはじめて口をきく。

日光写真は壁際の台の一番目立つところに置かれてあったが、「うめや」のおばちゃんの位置からは死角だった。ヒテカッチャンは虎ちゃんがちょうどその死角に立ち日光写真を半ズボンのポケットに入れるのを目撃した。虎ちゃんは「黙っとけ」と目配せしてあっという間に店の外に飛び出てしまった。

ヒテカッチャンは何か共犯者になったような気分になってびくびくした。というのも、ヒテカッチ

ャンには以前「うめや」の飴を盗むのを善姫《ソンヒ》に見つかってうんざりするほど罰をくらった覚えがあった。

　針箱の上に差し出させたヒテカッチャンの両手の甲を善姫《ソンヒ》は済州島人《チェジュッサラム》が畑仕事をするときに歌うような調子で細長い竹で打った。

　べったんを詰めこんだ空きかんを抱えて猪飼野六丁目の交差点を駆け渡ろうとして車に轢かれた虎ちゃんの棺が万才荘の前に横付けされた霊柩車の中に担ぎこまれる瞬間、

「アイゴ、なんで先あの世行ったや」と虎ちゃんの母《オモニ》が号泣した一九五七年の春、ヒテカッチャンは講堂の壇上に日の丸を掲げた小学校に入学した。

「虎ちゃん死んだな、チッチ、カワソ（可哀相）に」

　善姫《ソンヒ》が溜め息混じりに告げた言葉の意味するものがヒテカッチャンにはよくわからなかった。虎ちゃんはかくれんぼか何かで何処かに隠れているように思えた。しかし、ひと月が経ち、ふた月が経っても虎ちゃんは「おいらのひろば」はもちろんのこと勝山公園にも運河の欄干にも現われなかった。

　それでもヒテカッチャンは虎ちゃんが死んだことの意味がわからないまま玉三《オクサム》が買ってくれた紺の制服を着て、小《ち》さい姑母様《コモニム》が祝いにくれたランドセルを背負い、小学校に通ううちに虎ちゃんの不在を埋める物事に追われた。もっとも、べったん、ビー玉、バイといった勝負の場に虎ちゃんがいない空白を埋める物は何もなかったが。

　しかし、歳月が流れ虎ちゃんの面影が万才荘からすっかり消え去った一九五九年の冬にはもうひとつの別離があった。

送別会場となった猪飼野のどまんなかにある朝鮮初級学校の校門にへばりついて、「おれここにずっといたいねん」と泣きわめく正男を引きつれてがたろうの父はかつて七福温泉でくりひろげた「代理戦争」の戦友の家族と共に〃北〃に出発するソ連の貨客船トボリスク号が碇泊する新潟港に向けて旅立った。

「チョサンニム（祖先様）の墓済州島《チェジュド》あるのになんで北に行くんや」

善姫《ソンヒ》の疑問に玉三《オクサム》が気難しい顔付きで、

「思想が故郷を超越したいうことやな」と答える。

「チッチ、私ペルゲンイ（赤）好かん」

「共産主義《コンサンジュイ》がなかったら、三十八度線《サンパルソン》も朝鮮戦争《チョソンチョンジェン》もなかったかしれなんな」

「そやげ」

思えば一九五九年の夏祭りの後に先門大《ソンムンデ》老婆《ハルマン》の放尿を上回るほどに降った豪雨によって氾濫した運河に浮かぶいかだの上を飛び跳ねる正男が石原裕次郎の「嵐を呼ぶ男」を快活にしかし調子外れに歌っていたところ、「みつわ」があったあたりから突然小舟に乗った小《ち》さい姑母様《コモニム》が現われた。痩せ細った貼工が先に陣取って打ち鳴らす長鼓《チャング》に合わせて小《ち》さい姑母様《コモニム》は櫓を漕ぎながら海女の唄を歌い、済州島《チェジュド》の海を行くように氾濫した運河を越えて来た。「嵐を呼ぶ男」は吹っ飛び、正男は唖然として小舟を見守った。

「アイゴ、ようやるわ、ハッハハ」

窓辺に立って愉快げに笑う善姫《ソンヒ》は手を振って小《ち》さい姑母様《コモニム》に挨拶した。

「故郷」を取ることも「思想」を取ることもできないまま内職の親方業に精を出す玉三《オクサム》は猪飼野の済州島人《チェジュドサラム》が〃北〃に出発した一九五九年の翌年の春、猪飼野橋を越えて新橋通りを真っ直ぐ突き抜けた先の東成に掘り出し物の家を見つけて引っ越しする決心をした。

ヒテカッチャンはがらくた同然の所帯道具を載せたトラックの荷台の片隅にうずくまって遠ざかる猪飼野の街を眺め、頭の中を駆け巡るひとつひとつの光景をかみしめた。

喜楽園

猪飼野のへそにあたる大池橋をまっすぐ南下するとやがて杭全《くまた》にぶつかる。杭全の東側に広がる百《くだ》済《ら》貨物駅の操車場の裏手を運河が流れている。線路とコンテナとセメントといった無機質な貨物駅にうまく合った馬場《ばば》先《さき》橋付近の殺風景さに一役買う形でホルモン焼き屋〈喜楽園〉があった。

もっとも、それは店の構えのことであって、ママの金承玉《キムスンオギ》が一役買っているわけではない。なるほど、見てくれは蒸し餅《シルトック》を楕円形にし、まんなかをへこませたような鼻ぺちゃ《コナツプチャギ》であるが、済州島《チェジュド》の海のように澄んだ目には心の奥底にためこんだ厳しさと悲哀が昇華して発光した優しさが溢れていた。還暦を数年後に控えた寡婦とは思えないはつらつさがからだにみなぎってもいた。また、顔にいつもたたえられている微笑は菩薩のような安らぎを店の客にあたえた。

どのような経緯で承玉《スンオギ》が喜楽園を開くことになったのかは知るすべもない。ただ、猪飼野を外れた生野区の辺境に位置する馬場先橋付近に店を構えたところから察するにわずかな元手しか用意できなかったのだろう。

しかしまあ、経緯はどうであれ要は雰囲気と応対が店の価値を決定する。この条件を喜楽園は十分満たしている。だからというわけでもないだろうが、客の大半は家内工業に働く独身者であって、いわば「おふくろの味」を求めて喜楽園ののれんをくぐる。

もちろん、客の中には脂ぎって見るからに卑猥さが全身ににじみ出ているものもいれば、ソウルの明洞《ミョンドン》あたりならたちまち御用となる流言蜚語を気楽に話す革命家気取りの活動家もいたりする。地域柄やくざ風の男も顔を出すことだってある。

喜楽園ののれんをくぐる人間は承玉《スンオギ》にとって等しく大事な客であった。承玉《スンオギ》にはあらゆる客を受容するだけの度量と優しさがあった。


百済貨物駅の操車場裏にひとつ取り残された形のポプラの葉がひんやりとする風に触れてぽろぽろし落ちた一九七四年の秋。澄んだ黄昏《たそがれ》の暗闇が一段と深まりかけた頃合に、めずらしくふらっと一見《いちげん》の二人連れの婦人客が喜楽園に入って来た。

「いらさいませ」。承玉《スンオギ》は「いらっしゃいませ」と言っているつもりだ。しかし、どうしても済州島のなまりが発音に干渉する。四十年近く他郷に暮らしてなお他郷の言葉がままならない。承玉《スンオギ》の人生を要約するなら、言葉のつたなさを済州島の女特有のしたたかさで補ってきたといえる。「なにくそ」という気概がなければとうの昔にくたばっていただろう。

さて、二人の婦人客のうち一人はチマチョゴリで、あと一人はありふれた洋服という恰好である。チマチョゴリのほうは胸が扁平であるのに対して、洋服は豊満な胸でブラウスがはちきれんばかりだった。両者とも顔のしわから推して承玉《スンオギ》と同年代かあるいは若干下といったところだ。

店の片隅にひとり肉を焼きながら二級酒をおとなしくちびりちびり飲んでいた旋盤工のマッサンは突然卑猥な笑いを目許にたたえて身を乗り出した。

「ママさん、正月でもないのに明けまして今晩は言うたらどない答える」

承玉《スンオギ》には推し量りがたい謎といえた。二人の婦人は承玉《スンオギ》が差し出したおしぼりで手を拭きながら、「アイゴ、腹減った」「ほんまや」「姐《ね》さん、何する」「なんでもええ」とウォーミングアップに余念がなくマッサンの謎かけには興味を示す様子もない。

「私の頭ではわからんわ」。承玉《スンオギ》は二人の婦人の動向が気になるのですぐに降参した。マッサンは待ってましたとばかり謎を解いてみせる。

「ええか、ママさん。正月でもないのに開ける言うたら女の股しかないのと違うか。そやからオトシ玉入れましてさよなら、とまあ、こないなるわけや、ハッハハ」

このままますんなり引いてはマッサンに悪いという気持ちが働いて、承玉《スンオギ》は一矢報いることにする。

「チッチ、タマげた話やげ」

マッサンは、こらたまらんとばかり笑いころげつつも洋服の婦人の顔をちらっと見ることを忘れない。

チマチョゴリの婦人の目付き《ヌンチ》は「チッチ、このスケベが」とマッサンを蔑んでいた。その目付き《ヌンチ》のまま、

「ハラミみっす、バラふたっす、上ミノふたっす、センマイひとっす、生キモひとっす」と注文した。

「ユッケは、姐《ね》さん」。洋服の婦人が豊満な胸をぶるっとふるわせて訊く。

「ほんだら、それもいこ」

「ビールは」

「涼しなってきたからかんした酒がええ」

手際よく注文分を出し揃えた承玉《スンオギ》は、小型のノートを引っ張りだし、ぎこちない手付きで注文分の品と数を書き込む。教育の「教」という字すら習う機会と余裕に恵まれなかった承玉《スンオギ》が書ける字は拙いハングル以外なかった。だから大池橋とか鶴橋あたりの店のように伝票を客に差し出す「近代的な商法」など思いもよらない。ノートには次のような具合で書きつけてある。

하라미《ハラミ》　下　바라《バラ》　下　조오미노《ジオオミノ》　丅
센마이《センマィ》　一　나마키모《ナマキモ》　一

じゅじゅっと肉の脂がはじけとぶ。ガスの炎にあおられて立ち上がる煙りはこってりと脂をふくん

だ換気扇に吸い込まれていきそうでいてもたつく。

「アイゴ、けむたい。まるで煙突の中いてるみたいや」と〈チマチョゴリ〉が目頭を押さえて皮肉を言った。

「そやから、大池橋まで我慢しよ言《ゆ》たやんか」それみたことかと〈洋服〉は不満げだ。

客の厭味には石仏様《トルブチヨニム》のように動じる気配もない承玉《スンオギ》はキムチのかたまりを庖丁でこまかく切りながら、

「姐《ね》さん、大池橋に住んでるの」と〈洋服〉に訊く。

「大池橋はこっちの姐《ね》さんや」と〈洋服〉は〈チマチョゴリ〉を目で指す。

「そや、大池橋住んでたら色んなこと耳入ってくるで」

「どんなこと」。承玉《スンオギ》は巧みに話題を釣り上げる。〈チマチョゴリ〉は生キモをひときれ口の中に押し込んで考えこんだ。

「どっちみちたいしたことないねんやで」どマッサンがよこやりをいれた。〈チマチョゴリ〉はマッサンをキッとにらみつけた。

「ああこわ」。マッサンはおどけて肩をすくめた。

「ほっときや、姐《ね》さん」。豊満な胸をゆすりながら〈洋服〉が割って入る。それでも〈チマチョゴリ〉は「おまえなんやねん」といわんばかりの表情でマッサンをにらみ続けた。承玉《スンオギ》の「姐《ね》さん、このひと口だしするの趣味やから気にせんときや。悪気ない」という説明を聞いてどうにか納得し、「色んなこと」のひとつを切り出した。

「光復節（一九四五年八月十五日の独立を記念する日）に大統領撃ち損ねて大統領の嫁さんのほう殺したチョンニョン（青年）いてたな。この前裁判あった思たらもう処刑なった」

「アイゴ」

承玉《スンオギ》は絶句した。目を閉じると八月十五日の名節《メンジリ》（祖先の祭祀）にテレビのブラウン管を通じて報道されたニュースの発端がぼんやりと思い出された。真夏の陽光が本格的に照りつける前のいくぶんすがすがしい午前中に祖先様《チョサンニム》の供養を済ませて、供物、お膳、線香立て、びょうぶといったものを片づけたあと、昼食を取りながらテレビを観ていた。すると、突然画像になにやら字が挿入された。日本《イルボン》語《マル》を判読できない承玉《スンオギ》にはそれが何かのニュースであることはわかっても具体的な内容はさっぱりのみこめない。こんなときつくづくと「チッチ、つらいことやげ」と思う。夕方のニュース番組で昼間の画像に挿入された字の内容が大統領暗殺未遂であったことを知った。

承玉《スンオギ》の神妙な表情を見て〈チマチョゴリ〉は満足げにうなずき、こんがりと焼けたハラミを頬張った。唇に溢れたタレの汁を蛇のように長い舌でなめた。

「なんでも大統領撃った革命家猪飼野に住んでたんやろ」。マッサンは〈洋服〉の顔を覗きこんで言った。〈洋服〉は頬をぴくりと引きつらせてコンロの上の肉を割箸でつつく。マッサンの厚かましさに憤慨しているのか、この事件の顛末は「私なにも知らんから聞くだけ無駄や」とデモンストレーションしているか、のいずれかだろう。ともあれ、マッサンの言葉を受けて立ったのは〈チマチョゴリ〉である。

「あの青年猪飼野に住んでた言《ゆ》どころと違う。私のチョッカ（甥）の近所や。チッチ、あんなことすんねんやったら結婚もせんと子供も作らんといたらよかったやげ」

「お釈迦様でもないのに先のことなんかわかるかいな、なあ、ママさん」とマッサンは承玉《スンオギ》に相槌を求める。

「残された子がカワソ（可哀相）や」と承玉《スンオギ》はしんみりとつぶやく。

「それが革命家の子供に生まれた運命や思たらあきらめもつくのと違うか」

「それ男考えや。子供親何であっても生きてて欲しい思う。マッサンのお父《と》さんイルチェシデ（日帝時代）独立する運動かなんかして捕まって処刑されたとしてみ、マッサンそれでよかったか」

マッサンは承玉《スンオギ》が相槌を打つどころか問題を提起してきたので正直面くらった恰好だ。それより、話のやりとりの中心が自分から逸れて行きそうな雰囲気に〈チマチョゴリ〉はムッとなって、いまにも席を蹴って立ち上がらんばかりの気配だ。承玉《スンオギ》はとっさに察知して話の主導権を〈チマチョゴリ〉に委ねた。

酒をぐっとあおり気合を入れた〈チマチョゴリ〉はこれから重大な秘話を披瀝するぞといわんばかりの目付き《ヌンチ》になった。

「チョッカの知り合いに李なんとか言《ゆ》活動家いてて李なんとかが言《ゆ》には、大統領と大統領の嫁さん対立してた。なんでか言《ゆ》たら嫁さんアメリカのシアエ言《ゆ》ことや」

「シアエてなんのこっちゃ」。マッサンが訊く。そんなことも知らんのかと〈チマチョゴリ〉は得意げに、

「ま、早よ言《ゆ》たらスパイみたいなもんや」と説明する。ピンときたマッサンはふんと鼻でせせら笑い、

「それシーアイエー（CIA）のことやろ」と補足した。

「そやげ」と〈チマチョゴリ〉はそっけなくうなずき先を続けた。

「ほんで、なにかにつけて自分のおっさんのやることにケチつけたり注文つけたりしてたわけや。決定的なんはおっさんに女が居てたことや。そやからおっさんが嫁さんうっとしなった」

「ほんだら姐《ね》さん、嫁さん殺したんおっさん言《ゆ》ことなるな」。寡黙に肉をつついていた〈洋服〉が口をはさむ。

「そ言《ゆ》ことや。そやけど自分が殺した言《ゆ》ことわかったら世間黙ってない言《ゆ》ことぐらいおっさん知ってる。そこでムン書房《ソバン》（~さん、と人の姓の下につける語）の登場となるわけや」

「ムン書房《ソバン》て」と〈洋服〉が訊く。

「あの青年や」

「そか」とうなずいて大きな溜め息をついた〈洋服〉の胸がゆらめく。マッサンはチラッとゆらめく胸を一瞥した。承玉《スンオギ》にはその様がおかしくて思わず笑みを浮かべた。

「李なんとかはムン書房《ソバン》おっさんのほうに利用された言《ゆ》てた。ほんま言《ゆ》たら光復節の式場にムン書房《ソバン》入れる訳ない。誰かがムン書房《ソバン》式場に導いたんや」

「誰かて誰なん」と〈洋服〉。

「なんやまるでスパイ小説やな」とマッサン。

すっかり話の中心に自分がいることに〈チマチョゴリ〉は気をよくしてさらに先を続けた。

「ムン書房《ツバン》式場に導いたんおっさんの部下に決まってる。うそのパスポトとか拳銃用意したんもおっさんの部下言《ゆ》ことなるな」

「ムン書房《ツバン》が狙ったんおっさんのほうと違うかったか、姐《ね》さん」と〈洋服〉が食べかけの肉をほったらかして訊く。

「そこが世間の目を欺く芝居やげ」

「ど言《ゆ》ことと」

「ムン書房《ツバン》は本気でおっさん撃った思う。ムン書房《ツバン》は自分を式場まで導いたんおっさんをやっつける側の人間と信じこんでたみたいや。ほんとのところは利用されたとしてもや」

「話がややこしいな、姐《ね》さん」

「そや、ちょっとややこしい。ほんで、おっさんの部下がおっさんのからだに撃った玉が当たるような拳銃ムン書房《ツバン》に持たせるわけない。李なんとかが言《ゆ》には、ムン書房《ツバン》が拳銃の引き金引いても玉出へん仕組みになってた」

「玉出へん」。不思議そうに〈洋服〉が首を傾げる。

「タマげた話やで」とマッサンが承玉《スンオギ》を見た。承玉《スンオギ》は苦笑するほかなかった。〈チマチョゴリ〉はマッサンの合の手を無視した。

「つまりやな、撃っても音だけ出る仕掛けや。李なんとかそれをクホとか言《ゆ》てた」

「空砲やろ」とマッサンの補足。

「そや、それや。ほんで、空砲合図にしておっさん警護してるなんとか室長言《ゆ》のがどさくさまぎれに嫁さん撃ち殺した、とまあ、こんな具合や」

どやおもしろい話持ってるやろ、と言いたげな得意の表情になって〈チマチョゴリ〉は上ミノを割箸の先でつまみあげた。こりこりと嚙みごたえのある上ミノをそしゃくする〈チマチョゴリ〉は心に余裕ができたのか「なかなかええ味やな、姐《ね》さん」と承玉《スンオギ》に愛想を言う。

「コマッスダヤ（ありがとさん）」と承玉《スンオギ》は菩薩のように澄んだ目に笑みをたたえて礼を述べる。

いつのまにか〈洋服〉の真横に席を移動したマッサンは〈洋服〉のからだにしなだれかかるように身を乗り出して〈チマチョゴリ〉の顔を窺いながら楯《たて》を突いた。

「姐さんの話は作り事やで。いや、別に姐さんが嘘ついてる言う訳やない。李なんとかがスパイ小説読み過ぎて話刺激的に仕立て直してるな」

「アイゴ、李なんとかは活動家やのになんで話デッチ上げることする」。悠然と構えていた〈チマチョゴリ〉はグッと上ミノを飲み込んでマッサンをにらみつけた。

「わしが言うのはやな、姐さん、こういうことや。革命家のムン書房《ソバン》がやな李なんとかが言うみたいそんなあっさり敵のわなにはまるかということや。李なんとかの話の通りやとムン書房《ソバン》浮かばれへんで、ほんま。違うか、ママさん」と再びマッサンは承玉《スンオギ》に相槌を求めた。

「ムン書房《ソバン》は運のムン（門）が開けへんかってんな」。鼻ぺちゃ《コナツプチャギ》の承玉《スンオギ》は一層鼻のあたりがへこむ具合に顔を引き締め悲痛な声音で言った。

「なるほど、うまいこと言うでママさんは」

承玉《スンオギ》はマッサンの賛嘆が耳に入らない。いこいを取り出して火をつけ一服吸うと溜め息をもらすように煙りを吐き出して、

「ほんまは、ムン書房《ソバン》の嫁さんが運のムン開けへんでカワソ（可哀相）や」とつけ加えた。


喜楽園の常連は大体がつけである。月末になると承玉《スンオギ》はそれこそ寝ても覚めても請求書作りに精を出さなければならない。例の小型のノートに書き連ねた拙いハングルを一字一字判読しながら個人別に注文分を整理していく。「アイゴ、この腐った頭が」と慨嘆しては鉛筆を持つ手に力がはいる。

もちろん、請求書に書く字もハングルであった。ただ、救いは請求額が数字であることだった。なんといっても数字は万国共通なのだから。

つけを清算する常連は貰いたての給料袋から「ママさん、なんぼ」と訊く。すると、承玉《スンオギ》はその常連の請求書を取り出してたどたどしく請求額を読み上げて数字を見せる。

常連の中にはつけを踏み倒して行方をくらませるものもいた。しかし、承玉《スンオギ》の目に憎悪の炎がめらめらとゆらめくということはない。踏み倒されて平気でおれるわけではなかったが、だからといって猪飼野中を愚痴って回ることはしない。「チッチ、なんでや」と一言つぶやくと承玉《スンオギ》は行方をくらませた常連の請求書を破り捨てる。

つけを踏み倒して逃げた常連はなぜか承玉《スンオギ》の息子と同年代ぐらいであって、承玉《スンオギ》にしてみれば放蕩息子を見ているようなものであった。

百済貨物駅の操車場に北風が吹き荒び、めくれあがったコンテナの錆びた金属片がぺろっと落ちる冬の晩遅く貼工のスンミが顔を出した。スンミはたてつけの悪い喜楽園の戸を力まかせにぐっと引っ張って入ってくるなり、

「ママさん、ちょっと私の話聞いてや」と切り出した。

「どした」。承玉《スンオギ》はシッポ汁を煮込んでいた鍋から顔を上げてスンミを見た。

「息子夫婦夜逃げして何処か行ってしもたやげ」。一気にまくしたてたスンミはヘップの貼りをする鍛えられた手で額を何度も強く擦った。ごつごつと荒れた指に純金の指輪がきらりと光る。

「なんでまた」。承玉《スンオギ》のへこんだ鼻のあたりに瞬時に圧縮された悲痛が澄んだ菩薩の目にも溢れた。

「ママさん、酒や。冷《ひ》やでええ」

床が剝きだしのコンクリートの喜楽園は底冷えがする。なにせカウンターだけの狭い作りだから標準サイズの石油ストーブを置くことができない。小型のそれも熱が垂直上方に放射される丸タイプで

寒さをしのぐしかてだてがなかった。だから、よほどの通でもないかぎり冷や酒を飲む客はいない。たて続けにスンミは冷やのコップ酒を二杯飲みほしふっと大きい溜め息をついたかと思うと、承玉《スンオギ》が小皿に盛って差し出したキムチを太い指でつまみあげて口に放りこんだ。

冬のピンと張り詰めた静寂をついて百済貨物駅の操車場に乗り入れる貨車の金属音がかすかに響き渡る。呼応するかのようにシッポ汁の煮立つ音がひときわ高くなる。承玉《スンオギ》はガスの栓をひねり炎を弱めた。

「どや、姐《ね》さん」と承玉《スンオギ》はいこいを取り出す。

「コマッスダヤ」と礼を言ってスンミはいこいを一本太い指にはさんで口にくわえた。承玉《スンナギ》はシュッと徳用マッチを擦った。

ふっと投げやりに煙りを吐き出すとスンミは語り出した。

「チッチ、私が悪かった。この日本で会社勤めてもロクなことない思て私息子に商売せ、商売せ言《ゆ》て聞かせた。最初、息子『お母《か》ちゃん、おれ商売なんか向けへん』言《ゆ》てた。そやから、私『アイゴ、この日本で生きて行こ思たら金だけ頼りと違うか』言《ゆ》て息子ふるいたたせた。息子もその気なって商売始めたけど、もひとつやる気出てこなかったみたいでな、姐《ね》さん、材料でたらめに買うわ、品物売る値段問屋にうまいことねぎられて赤字ばっかしやで、私腹立ってこれやったら金いくらあっても破産や思てよっぽど商売止めとけ言《ゆ》おと考えた。

そこへ息子何処で見つけてきたんか知らんけど女家に連れて来て結婚したい言《ゆ》たやげ。一遍触ってしもた女やから貰わん訳にもいかんし、それに結婚したら息子も商売ちゃんとやる精神出てくるやろ思て、私頼母子落として息子の結婚式挙げた。

息子も息子やけど嫁も嫁でな、姐《ね》さん。法事や言《ゆ》ても、法事て何や言《ゆ》顔して肉のひとつもよう焼かん。これでも嫁か、私思たな、姐《ね》さん。息子商売ペケ、嫁法事手伝われへんうえ金パッパ使《つこ》て家のやりくりペケ、ほんまに、ペケペケ夫婦や。

赤字シンギサン（信貴山）ぐらい積もって右向いても借金、左向いても借金で年とった私置いて金目のもの鼠のフンほどのものも残らず持って夜逃げしたやげ」

スンミはヘップの化学糊が髪の毛にこびりついた頭を拳で叩いた。

杭全方面から大池橋方面に駆けて行く救急車のサイレンが百済貨物駅の操車場を越えて聞こえて来る。コンロの上にはハラミとバラが火に弾ける音がする。承玉《スンオギ》は箸でコンロの上の肉をひっくり返しながら、

「これでも食べて元気出しや」と言って沈んだスンミの気持ちを引き上げる。

器用にハラミをキムチにくるんで口に入れて嚙み砕いたとたん、スンミの目から涙が溢れた。顔がしわくちゃになり、涙が蛍光燈に鈍く反射する。

「姐《ね》さん、私の人生しま（終）いなった」

スンミは力なく頭を振り、くしゃくしゃのハンカチを取り出して洟をかんだ。

「アイゴ、姐《ね》さん、なに言《ゆ》てるの。逃げた息子は逃げた息子で何処かでまた人生始めるから、姐《ね》さん

も姐《ね》さんの人生やっていかなぁかんやげ。生きてるもん苦労やけど、それでも生きていかな、どないするの、姐《ね》さん」。語調の厳しさとは対照的に眼差しは優しく穏やかであった。承玉《スンオギ》は火にあぶられて黒こげになった肉片を金網の隅に寄せる。

「姐《ね》さんは出来の悪い息子持ってないから幸せや」。なかば絡むようになかば自らの運命を嘆くようにスンミは言う。優しさに溢れていた承玉《スンオギ》の目に一瞬影がさした。

「姐《ね》さん、私に息子二人いたけど、二人とも死んでもう今はいてない」。承玉《スンオギ》の口調は淡々としていた。意外な事実にスンミは驚いた。

「なんでまた息子二人も死んだ、姐《ね》さん」

涙の痕跡がまだいくらか顔に残ってはいたが、絶望の翳《かげり》は跡形もなく消え、どちらかというと好奇に満ちた色が目許に浮き出た。

「クンノマ（長男）自殺したやげ」

「アイゴ」

「私らの国頭暗かったから生んだ子付いてるもん付いて生まれたら、それこそオルシグチョルシグチョッタ（輿にのったときのかけ声）言《ゆ》て、喜んだもんやった。そと違うか」

「そら今も同《おんな》しやで、姐《ね》さん」

——付いてるもん付いてんと穴ひとつ余分持って生まれてきただけで、女損する運命にある。

私最初女の子二人続けて生んだ。そしたら、媤《シ》オモン（姑）私にらみつけて「次絶対《つきちえたい》男生め、男生めへんかったらわしは安心してよう死なん」言《ゆ》て威《おど》かした。

正直言《ゆ》て、私子供もう要らんかった。そやけど、穴ひとつ余分持った子しか生まん腹や思われるのけったくそ悪かったから、意地でも男生んだる思て生んだんがクンノマや。

媤《シ》オモン「アイゴ、ようやった」言《ゆ》て踊り回った。やれやれ一安心か思たらなんのことない。媤《シ》オモン「もひとり男生め」言《ゆ》てまた私威かした。

犬の腹でもないのに、そうポンポン子供生んでたらこっちのからだもたんわな、姐《ね》さん。それで私媤《シ》オモンにこない言《ゆ》た。

「三人生んだんやから、これでええのと違いますか」

今でも私よう覚えてるけど、その時、媤《シ》オモン鬼みたい顔して怒ってこない言《ゆ》た。

「アイゴ、何処の世界に子供三人生んだからもう十分や言《ゆ》女いてる。子供三人生んだから言《ゆ》て倉建つか。女は子供生める時子供生んどかな穴腐ってから生む思ても手遅れ言《ゆ》もんや。ええから、もひとり男生みなげ」

私自分が穴持って生まれてきたの恨んだな、姐《ね》さん。仕方ないから、もひとりだけや思て四人目の子供生んだ。ええ具合に付いてるもん付いて生まれてきた。それがチョコンノマ（次男）や。

クンノマもチョコンノマも媤《シ》アバン（舅）に似て男前やった。クンノマは私生んだ子や思われへんくらい頭ようできた。そやけど、その分からだ弱かった。チョコンノマはクンノマほど頭ようなかったけどからだ頑丈やった。クンノマの頭とチョコンノマのからだ合わせてひとつにしたらちょうどええ具合やったのに。世の中うまいこといかんもんやわな。

クンノマ大学入った頃からちょっと様子おかしなってきた。今思うと学校は高校までにして仕事させといたらよかった。

クンノマ大学から帰って来ると、いつもブツブツひとりごと言《ゆ》てた。なに言《ゆ》てたんか、とにかく私のキョユク（教育）受けてない頭で理解できることと違うかった。チョコンノマ私にわかるよう言《ゆ》たんでは、こないなことやった。なんでも、この世に生まれてきたんがそもそもの間違いで、国ゆうもんがあるから人間自由になられへん、そやから、自由を勝ち取るために国潰せ、ということや。

息子でも、こないなってくるとなんか怖い感じと違うか、姐《ね》さん。私本当にそんな怖いこと口にする息子私の腹の中から出てきたのか不思議やった。

私クンノマに「頭難しいことばっかしに使《つか》わんと女のひとりでも見つけるのに使《つこ》たらどないやねん」て言《ゆ》たら、姐《ね》さん、どないや、クンノマ何処で見つけたんか知らんけどイルボンセガッシ（日本の娘）家連れて来たやげ。私びっくりしたで。もっとびっくりしたんは、クンノマがそのイルボンセガッシと同棲する言《ゆ》たときや。

私本当にクンノマの言《ゆ》てることもすることも鼠のフンほども理解でけへんかった。

あの子のお父《と》さんは普段黙ってる人間やったけど、いきなりイルボンセガッシ連れて来て同棲する言《ゆ》たもんやから、そら、怒ったのなんのって生駒山でも揺れるほどやった。あの子のお父《と》さんこない言《ゆ》た。

「誰がお前にチョッパリ（日本人の蔑称）の女と同棲せ言《ゆ》うて大学に行かした。親のすねかじってるケツの青いもんが何が同棲じゃ、絶対許さん」

そしたら、姐《ね》さん、イルボンセガッシ何言《ゆ》たと思う。こない言《ゆ》た。

「お父さん、お金は心配せんといて下さい。私がちゃんと面倒みますから」

時代変わったらいろんな女出てくるもんやて私思たで、姐《ね》さん。とにかく私腹が立って腹が立ってよっぽど女の髪の毛引っ張って倒したろか思た。そんなことしたら、息子何するかわからへん思てじっと我慢して黙ってた。

あの子のお父《と》さん、どないしてもチョッパリの女と同棲するんやったら、親と子の縁切る言《ゆ》て威かした。クンノマには全然効き目なかった。クンノマはこない言《ゆ》た。

「どうせ生まれてきたんが間違いやねんから親も子もない」

「この親不孝もんが、出て行け。チョッパリの女に血《ち》吸《い》われて死んでしまえ」

チッチ、あの子のお父《と》さん言《ゆ》た通《と》りなってしもたやげ。クンノマはイルボンセガッシと二年間同棲したけど三年目にそのイルボンセガッシ別の男作って息子棄てた。女が逃げた年の夏にクンノマ首括《くく》ってあの世行った。

チョコンノマは高校出て会社就職しよ思て試験と面接受けた。試験できた言《ゆ》てたのに落とされてしもた。面接しくじったとか言《ゆ》てた。チョコンノマあっちこっちの会社の試験受けたけど、みんなあかんかった。

それで、姐《ね》さんも知ってるヘップの宮本おっさんとこでチョコンノマ仕事することなった。チョコンノマはクンノマと違《ちご》てからだも頑丈やし明るい子やと思て安心してたのに、私よっぽど息子運悪いんやな、姐《ね》さん。

チョコンノマ仕事さぼって酒飲むようなった。太陽出て人間まじめに働かなあかん昼間から酒屋入って酒びたりなるの、私夢にも思わんかった。宮本おっさんはもう面倒よう見ん言《ゆ》てチョコンノマ馘《くび》にした。

今日みたい冬の寒い晩に酔っ払って巽《たつみ》の空地に寝たままチョコンノマあの世行ったやげ。

棺桶片足突っ込んだ私ぐらいの年やったらまだ話わかるけど、セガッシ(嫁)の顔も親に見せん若さでさっさと死んでしまうねんからな、姐《ね》さん、ほんまに人間の運命なんてわからんもんや。

クンノマが首括ったときは、まだチョコンノマがいてる思てそんなでもなかったけど、チョコンノマが死んだときは、それこそ私の人生終わりや思た——

ひゅるひゅると吹き渡る寂寥とした北風が戸をゆさぶる。重い槌で頭を打たれたようにうなだれてコップを片手に握りしめたスンミの深い溜め息がもれる。スンミはコップの底にわずかに残っていた酒をぐいと飲み口を開く。

「姐《ね》さん、人間見ただけであれやこれや決めつけたらあかんな。今の姐《ね》さんの話聞いて私そない思た。

それにしても姐《ね》さん大変やったな。私やったら、そんなして息子二人死なれたら、とうに人生終わってたで」

「姐《ね》さん、私人生もう終わりや終わりや思てきょうまで生きてきたやげ。それでも、そう簡単に人生終わらんもんや、ハッハハ」

「ほんまやな、ハッハ」とスンミは承玉《スンオギ》の笑いに呼応して腹の底から笑った。


酒に喧嘩はつきものというけれど、確かに喜楽園の中でも客同士酔いにまかせて喧嘩沙汰におよぶことがままある。そのたびに承玉《スンオギ》は渾身の力を振り絞って喧嘩を仲裁する。それは還暦を目前に控えた承玉《スンオギ》にはまさに命がけの役目といえた。喧嘩の当事者はどちらも大事な客である。双方いずれかが傷を負って血を流さないうちに喧嘩を分ける必要があった。この点承玉《スンオギ》は仲裁のプロにも引けを取らない。


一九七五年のある蒸し暑い真夏の夜のこと、喜楽園ののれんをくぐってアロハシャツを着た男がふらっと入って来た。頭は北島三郎のように短く刈りこんでいたが、体軀はルーキー新一といった具合になんともちぐはぐな印象だ。すでにできあがっていて目は真っ赤に充血し足許《あしもと》もふらついている。

「いらさいませ」

にこやかな笑顔で迎え入れる承玉《スンオギ》には目もくれず〈アロハシャツ〉は横柄に、

「おう」とうなった。〈アロハシャツ〉はソファにでも座る気分でどかっと丸木椅子に腰を下ろした。しかし、勢いが過ぎて臀部が椅子からはみだしてあわやすぽっと抜け落ちそうになり、あわててカウンターにしがみつく。承玉《スンオギ》は思わずクスッと笑う。

「オモニ、特級くれ」と〈アロハシャツ〉は承玉《スンオギ》をにらみつけて注文した。

「はい」と愛想よく返事して承玉《スンオギ》は特級にキムチを添えて出した。

「オモニ、おれキムチ頼んでないで」

〈アロハシャツ〉は上目遣いに承玉《スンオギ》を見る。吐く息はたまらないほど酒臭い。

「兄《に》ちゃん、キムチはここのサービスやげ」

承玉《スンオギ》は気楽にそう言って小型のノートに특큐슈と書きこむ。

「なんやな、ハングックサラム（韓国人）はえらい親切やな」と〈アロハシャツ〉は皮肉をこめた目をギロッと剝いて承玉《スンオギ》を見る。

「そない言《ゆ》てる兄《に》ちゃんもハングックサラム違うの」

〈アロハシャツ〉とは対照的に承玉《スンオギ》は何年来かの常連に語りかけるような親しみをこめて遣り返す。

「なんやて、おれがハングックサラムやて、馬鹿にしたらあかんで。おれは柴田いうれっきとしたイルボンサラム（日本人）や、オモニ」

驚愕とも慨嘆とも分別のつかない声がカウンターの両端から聞こえた。北島三郎ばりに短く刈り上げた頭をぶるっと振って〈アロハシャツ〉はさも「なんか文句あっか」と言いたげな目付き《ヌンチ》で左右をにらんだ。

左側にはマッサン、右側にはプレス工のカネヤンがいた。マッサンは〈アロハシャツ〉と目が合いそうになるとあわてて顔を伏せる。しかし、マッサンよりずっと若く跆拳道《テッコンド》で鍛えあげたような筋肉質のがっちりしたからだつきのカネヤンは〈アロハシャツ〉と視線が合うとフンと鼻でせせら笑った。

「おっ、なにがおかしい」

「いや、別に。ただ、イルボンサラムがなんでこのママさんのことオモニなんて言うんか思ただけや」

「なにか、イルボンサラムがオモニ言うたらあかん法律でもあるんか」

「あるわけないわな」

「そやろ。それにやな、おれの嫁さんはハングックサラムや」

「なるほど、そやから、オモニ言う言葉知ってるわけやな」

「当たり前やないか、こっちのおふくろにあたるんは向こうでオモニや。そやろ、オモニ」

たるんで脂肪がこぼれ落ちそうな腹を右手でさすりながら〈アロハシャツ〉は承玉《スンオギ》に相槌を求める。

承玉《スンオギ》は黙ってにっこりうなずく。

「それにしてもなんやな、ハングックサラムの嫁さんいうたらええもんやで。文句ひとつたれんとおれの言うことよう聞きよる。それに比べたらイルボンサラムの嫁さんはあかん。文句ばっかし一人前や」

あたかも世界を知り抜いたかのような顔付きで〈アロハシャツ〉は比較文化論をぶつ。承玉《スンオギ》は相変わらず目に優しい微笑を浮かべながらも〈アロハシャツ〉に異論を唱える。

「兄《に》ちゃん、イルボンサラムの嫁さんでもええ嫁さんたくさんいてるやげ」

「あかん、あかん。やっぱり嫁さんはハングックサラムにかぎる」と断言して〈アロハシャツ〉はカウンターを拳で叩く。

「イルボンサラムの嫁さんつかんからわざわざ韓国まで行って嫁さん見つけてきたんやろ」

カネヤンの挑発に〈アロハシャツ〉は充血した目を釣り上げる。

「うん、なにか、イルボンサラムの嫁さんがおれにつかんとでも思ってんのか」

「ああ、思ってるで」

カネヤンの目は一見涼しげだが、瞳の奥はメラメラと燃え立っていた。承玉はカネヤンに目で語りかける。

……アイゴ、止めなげ。酔っ払いのたわごとなんやから、放っとったらええ。喧嘩して血見《ちい》たら損するだけと違うか。

しかし、男の意地は少々のことでは亀の首のようにひっこめることはできない。「付いてるもん」付いている以上、「付いてるもん」に賭けて決着をつけるのが男だ、といわんばかりにカネヤンは〈アロハシャツ〉と対峙した。殺気が喜楽園の狭い空間にみなぎり異様な空気が重くたれこめる。

承玉《スンオギ》の目に光り輝いていた優しさは今や不安の翳《かげり》におおわれている。こわさ半分おもしろさ半分の表情で真夏の夜の対決を眺めるマッサンがウホンとばかでかい空咳をした。

結果的にマッサンの空咳が合図になって、対決の火蓋が切られた。〈アロハシャツ〉はやにわにグラスを摑むとカネヤンの顔めがけて投げつけた。グラスは一直線に飛んだ。

ここで奇跡が起きる。カネヤンの顔に命中するはずであったグラスは名人芸とも思える承玉《スンオギ》の早業で行く手を遮られた。つまり、承玉《スンオギ》は反射的にカウンターにからだを突っ込む恰好で手を伸ばし楯をつくったわけだ。

グラスはコンクリートの床に落ちてガチャッと砕け散った。蛍光燈にキラッと光るグラスの破片に真っ赤な血がポタリと落ちる。血は承玉《スンオギ》の手の甲から吹き出していた。カネヤンは「うおっ」と獣のようにうなって〈アロハシャツ〉に頭突き《パッチギ》を食らわした。防禦する間もなくまともに頭突き《パッチギ》をくらって丸木椅子から崩れ落ちた〈アロハシャツ〉は固い床に後頭部を打った。

「痛あ、痛あ」

〈アロハシャツ〉は両手で頭を抱えエビのようにからだを折り曲げて叫んだ。どこからかひっぱり出してきたぼろ布で傷口を巻きながら承玉《スンオギ》は、大変《クンニリ》やとばかり、傍観を決めこんでいるマッサンに、

「はよ止めてや」と頼んだ。マッサンの返事はこうだ。

「やられてるの、チョッパリやで、ママさん」

承玉《スンオギ》の顔は見る間に青ざめ目付き《ヌンチ》が厳しくなった。

「アイゴ、マッサン、そんなこと言《ゆ》てたら、この日本で生きて行けるか。イルボンサラム私らチョソンサラム(朝鮮人)やられるの見て、マッサン言《ゆ》たみたい『やられてるのチョーセンやからええ』言《ゆ》たらどないする。日本にイルボンサラムぎょうさん生きてるのと違うか。イルボンサラムその気なったらチョソンサラム追い出すのワケないで、違うか」

説教が終わらないうちにカウンターをくぐり抜けた承玉《スンオギ》はカネヤンの腰に手を回してくらいつく。傷口を覆うぼろ布は血がにじみ、今にもはずれそうだった。この場は自分の傷に構っている余裕などない。とにかくカネヤンが〈アロハシャツ〉に危害を加えるのを阻止しなければならない気持ちで一杯だった。力をこめるほどにカネヤンの汗臭い背中が鼻ぺちゃ《コナツプチャギ》の顔に押しつけられる。承玉《スンオギ》はひしゃげた鼻腔からわずかな空気を取り入れて辛うじて呼吸した。

動きを封じられたカネヤンはなんとか〈アロハシャツ〉の顔面を蹴りあげようとするが、サンダルをはいた足は〈アロハシャツ〉の鼻先をかすめるだけだった。それでも、形勢が逆転してやられる側に回る羽目になった〈アロハシャツ〉は鼻先でブーンと空を切るカネヤンの足蹴りに「ヒィー」と悲鳴をあげたが。

もちろん、〈アロハシャツ〉の悲鳴に勝者の気分を味わう度量はカネヤンにはない。カネヤンの思いは〈アロハシャツ〉を徹底的に蹴りあげ、殴りあげ、締めあげ、突きあげることにあった。カネヤンは承玉《スンオギ》の手をふりほどこうと筋肉質のからだを左右に振る。らちがあくどころかますます壁際に引っ張られた。

「なんでやねん、ママさん、こんな奴、からだガタガタなるくらいいてこましたらええ」
「ええか、カネヤン、ここであの兄《に》ちゃん目潰れるか歯折れるぐらい痛めつけてみ、そのトバッチリ誰受ける。あの兄《に》ちゃんの嫁さんと違うか。あの兄《に》ちゃん、嫁さんつかまえて何言《ゆ》思う。『お前ら朝鮮人野蛮や』こない言《ゆ》で。そしたら、あの兄《に》ちゃんの嫁さんつらい思いするやげ」

と、まあ真夏の夜の対決は一件落着となるわけだが、仲裁に費やしたエネルギーの反動で心臓はいまにも破裂しそうに高鳴り、目はチカチカと火花が飛び交い、加えて喉はカラカラに渇くし、あらゆる関節はガタガタで膝はぐらつき、もって歩行が困難を極め、これでどうやら「アイゴ、私の人生しまいやげ」とあの世が積乱雲のように圧倒的な存在感で迫って来る次第だった。

しかし、カネヤンと〈アロハシャツ〉の対決にしたところで、木下兄弟の喧嘩に比較するなら、蠅のフンほども辛さはない。大体において喧嘩というものはひょんなことから起きるのが相場だろう。とはいっても起きるからにはそれなりに理由がある。まして、兄弟喧嘩ともなればその理由は色々な要素が複雑に絡みあっているものだ。

さて、夏の高校野球の決勝が甲子園でくりひろげられた熱い日の夜、木下兄弟はビールを酌み交わしホルモンを頬張りながら愉快に語り合っていた。

この愉快さにつりこまれた恰好で承玉《スンオギ》は、「兄《に》ちゃんら見てると、兄《に》ちゃんらのお父《と》さんお母《か》さんが羨ましいわ」と話しかけた。承玉《スンオギ》の頭の中には先立った二人の親不孝者《プリヨジヤシギ》が明滅した。チッチ、生きてたらなという感傷が翳《かげり》となって鼻ぺちゃ《コナップチャギ》の顔に現われる。しかし、それはほんの一瞬のことである。誰も顔の表情の変化には気がつかない。

「ママさん、おれとこオヤジいてないで」

兄がアルコールで充血した目をしばたかせて告げた。

「あれ、木下兄《に》ちゃんのお父《と》さんいてなかったか」。意外だとでもいわんばかりに承玉《スンオギ》は訊く。

「ああ、おれとこオヤジ同じ朝鮮人に何回も借金踏み倒されて無一文なって死んでしもた。おれは何回もオヤジに朝鮮人に金貸すな、言うたのに、オヤジは頼まれたらよう断わりきれん性格やからつい貸してしまいよった。

みんなもオヤジのそんな性格よう知っとったから、次から次と借りに来とった。

ママさん、平気で借金踏み倒すねんから、朝鮮人も性質《たち》が悪いわ、ほんまに。そやからおれ朝鮮人やめよ思てる」

思いのたけをぶちまけてさっぱりした表情の裏に荒んだ翳《かげり》がチラチラと見え隠れする。

「兄貴またそんなこと言ってる。アボジはなんも人がいいだけで金貸してたんと違うやろ。同じ済州島の後輩の生活苦を見るにしのびない、いうことで金貸してたんやろが」

弟の憤然とした反論に承玉《スンオギ》は木下家にまつわる因縁を察知して話題をそらそうとしたが、すでに手遅れだった。

「お前な、ちょっと頭冷やして考えなあかんで。オヤジが面倒みた後輩いうのはオヤジの葬式にチラッと顔出しただけやないか。たったの百円でも金返しに来たか。おれがヘップやるからどうしても資金要る、そやからオヤジに借りた金返してくれと頼んでも、誰一人金返せへんかったぞ。なにが同じ済州島の出身や。都合のええときだけの同郷意識にオヤジは食いつぶされたんや。誰しも我が身が可愛いんや。朝鮮人もへったくれもない。この世の中頼りになるのは金だけや。お前そのことよう肝に銘じとけ」

「兄貴は近視眼的やねん」

「何が近視眼的や」

「そら、借金踏み倒す朝鮮人もいるやろけど、何も好き好んでそうしてるわけやない。貧しさがなせる業や。人間厳しい生活苦に置かれたら奇麗事だけで生きていかれへん。借金踏み倒した人間はアボジにすまない思て胸痛めてるに決まってる」

「お前は慈善家なったらええ。お前みたいな甘い考え持ってたら野垂れ死にするのが落ちや。ええか、オヤジは第一に他人の幸福考えたから失敗したんや」

「アボジはなんも失敗してない。あれでよかった思てたかもしれへん」

「そしたら、まあ、オヤジはええとせえ。ほんだら、オフクロはどうや。オヤジのために苦労の連続やないか。オフクロはいまでもオヤジの法事のたびに言ってるやないか、『お前らのお父《と》さんチョンシン（精神）しっかり持って簡単に金さえ貸さんかったらこのお母《か》さんとお前らとこんな苦労せんで済んだのに』ってな」

「オモニは本心からそない言うてるんと違う」

「お前もめでたい奴やな。大学七年も行っててオフクロの言ってることが本心かどうかいうこともわからんのか。まだまだお前はケツが青い」

「僕がケツ青いんやったら兄貴はケツが真っ黒と違うか」

「あほんだれ」と怒鳴るなり、兄は弟の頭を拳で叩いた。

「アイゴ、木下兄《に》ちゃん、やめなげ」。思わず承玉《スンオギ》が叫ぶ。弟は両手で頭を覆い拳骨の再来を警戒しながら兄をにらみつけて、

「兄貴そんなにオモニのこと思ってんねんやったらなんで帰化する気なんか出てきた」と一矢報いる。

「帰化したら何かと商売に有利やないか。商売うまいことといったら、金もそれだけ入るし、オフクロも楽できるいうもんや。違うか、ママさん」と兄は承玉《スンオギ》に相槌を求めた。

鼻に止まった蠅を軽く手で払うと承玉《スンオギ》は優しさに溢れた眼差しを木下兄弟に向けながら口を開く。

「木下兄《に》ちゃんのいまの考え聞いたら、木下兄《に》ちゃんのお母《か》さん喜ぶと思う。そやけど、私はこない思うな、木下兄《に》ちゃん。仮に帰化して日本人なって商売うまいことといっても、言《ゆ》てみたら、木下兄《に》ちゃんのお父《と》さんの名前棄てることに違いないやげ。木下兄《に》ちゃんのお母《か》さんチャールサラ（いい暮らし）できても名前棄てたこと考えたらほんまにオルシグチョルシグチョッタ言《ゆ》て喜ぶ気なれるか。私やったら喜ぶ気なれへんで」

「それみい、兄貴。ママさんの言う通りや。兄貴は魂売ってにせの幸福摑もうとしてる。だいたい、

日本人の義姉《ねえ》さんと結婚したんが間違いやったんと違うか」

承玉《スンオギ》の援護に気をよくして弟は強気に出たが、それがあだとなった。

「なにを、この大学七年生奴《め》が」と罵るが早いか弟の顔面をしたたかに殴った。弟はもんどり打って丸木椅子から転げ落ちた。承玉《スンオギ》は例のごとく見事な早業でカウンターを潜って兄のからだにくらいつき、

「木下兄《に》ちゃん、頼むから止めてや」と全身に力をこめる。

「ええい、放してくれ、ママさん。この生意気な奴ちょっと性根叩き直さなあかん。なにが日本人の嫁さんと結婚したんが間違いやったんと違うか、や。オヤジが死んで金一銭もないおれなんかのとこへどこの朝鮮人が娘くれると思てんねん。見合いの話もおれんとこの経済事情がわかったとたんおじゃんなったし、恋愛にしたって結局家が絡んでくるわけやから結婚式挙げなあかんわ金は無しで駄目になったんや。そやから、おれは結婚式挙げんでもおれについてきてくれるいまのヤツ選んだんやないか。アイツは自分の家棄てておれんとこ来たんやんけ。お前みたいな大学七年生がつべこべ言う筋合の話と違うねんぞ。そのこと頭にようたたきこんどけ」

憤怒にからだをぶるぶる震わせて兄は弟に説教した。「なるほど木下兄《に》ちゃんの言《ゆ》こと一理あるな」と承玉《スンオギ》は半ばうなずく。その瞬間兄のからだに回していた手から力が抜けた。すると、兄は承玉《スンオギ》の手を振りほどいてどうにか立ち上がりかけた弟に突進した。

「わっ」と悲鳴をあげて弟はまたぞろ倒れる。兄は馬乗りになって弟の顔面にパンチを連打しようと

拳を振り上げた。しかし、その拳は承玉《スンオギ》の腕に絡め取られて行き場を失う。

「ママさん、放せ」。兄の要請に承玉《スンオギ》は声を震わせて拒否する。

「木下兄《に》ちゃん、同じお母《か》さんの腹から出てきた血《ち》分けた弟殴ってなに得する。死んだ木下兄《に》ちゃんのお父《と》さんもそない思てるのと違うか。木下兄《に》ちゃんのお母《か》さんも弟殴った言《ゆ》ことわかったら胸痛めるやげ。確かに木下兄《に》ちゃんの弟は言い過ぎた。それに、木下兄《に》ちゃんの言《ゆ》こと聞いてたら木下兄《に》ちゃんの嫁さんえらいと思う。朝鮮人なにか言《ゆ》たらすぐ借金してまでして大きな結婚式挙げたがるけど、私賛成でけへん。金なかったらないなりに結婚式挙げてもええ思う。それが朝鮮人にでけへん。そやから木下兄《に》ちゃんつらい思いした思う。木下兄《に》ちゃんの嫁さん木下兄《に》ちゃんのつらい思い察してかどか知らんけどようからだひとつで親棄ててシジップカン（嫁入り）した。私にでけんことや。やっぱりえらい思う」

ここで一呼吸間を置いて、承玉《スンオギ》は一気に締めにかかった。

「そやけど、木下兄《に》ちゃん、帰化してお父《と》さんの名前棄てるの止めてや。木下兄《に》ちゃんのお母《か》さん地球がひっくり返ったみたいびっくりして胸痛めるの間違いないやげ」

残る夏を惜しむように打ち上げ花火の炸裂する音が遠くに聞こえた。百済貨物駅の操車場に入り込む貨車の金属音がキューーンと響く。

ムルマジ

夏の陽光が照り返る額田《ぬかた》の渓流沿いの急勾配の細道を二人の婦人があえぎながら上っていた。ぶよぶよに肥満したからだに派手な花柄のムームーを無造作にひっかけた恰好の斗基《トウギ》は暑さと疲労からいまにもぶっ倒れそうな気配だ。

「姐《ね》さん、大丈夫か」

洗濯板が服をまとって歩いている具合に痩せた在順《ジエスニ》が振り向いて声をかけた。

「こんなとこでへこたれるわしか」

汗がどっと吹き出した斗基《トウギ》の顔に負けん気が現われた。もともと斗基《トウギ》の顔はいつでもやったるでといわんばかりの挑戦的なつくりになっている。だから敢えて負けん気を顔に出すことも要らない。

そう思うとおかしくて在順《ジエスニ》は苦笑し、ふと青い空を見上げた。夏の陽光の眩《まぶ》しさに目を閉じると蟬の喧騒がどっと波濤のように押し寄せてきた。頭の芯がぼうとかげろうのようにゆらめき思わず倒れそうになる。反射的に踏ん張って溜め息をつく。熱気がむせ返る。ふと蟬の喧騒が止み森閑とした静寂が張りつめる。しかし、ほんの数秒後に蟬の喧騒は復活した。

「ええから先行け」

在順《ジェスニ》は苛立った声の主を見下ろす。まるで斗基《トウギ》が急勾配の細道を這いつくばっているように見える。手を貸したい気持ちが心に湧き上がるがぐっと押さえる。チッチ、やつれたな、と在順《ジェスニ》は思う。確かに斗基《トウギ》の華々しい人生は息も絶え絶えに終わりに向かっていた。仕方ないことやげ、とは思いながらも一抹の寂しさを在順《ジェスニ》は感じる。

凋落した影を取り込むように斗基《トウギ》の指にはめられた幾つもの純金の指輪が鈍く夏の陽光にきらめく。在順《ジェスニ》の指にも純金の指輪がひとつはめられている。この純金の指輪にまつわる顚末を在順《ジェスニ》は今もありありと思い出す。

それは一九六八年の春のことだった。空を覆うどんよりとした灰色の雲の切れ目から太陽の日差しが猪飼野の街にこぼれ落ちる昼下がり、在順《ジェスニ》は電話で斗基《トウギ》に呼び出された。正直なところ在順《ジェスニ》は自分の仕事を抱えていて時間的な余裕はなかった。しかし、相手の事情を斟酌する斗基《トウギ》ではなかった。「何の用事やの、姐《ね》さん」と訊いても斗基《トウギ》は「ごちゃごちゃ言《ゆ》わんといますぐ来たらええ」と取り合わない。仕方なく、在順《ジェスニ》は猪飼野の東のはずれの斗基《トウギ》のところまで出かけた。

活力をみなぎらせていた斗基《トウギ》の勢いを象徴する三階建てのビルは周辺が「トットナリ（鶏小屋）」も

同然の粗末な家の集まりだけに目立った。ビルが見える路地には改造乳母車やらリヤカーに猪飼野を徘徊して拾い集めたダンボールを満載した老婆《ハルマン》らがくつろいでいた。路地のいたるところにダンボールのちぎれたきれっぱしに混じってぼろ布が散在していた。ぼろ布のひとつをひっかけてすんでのところで転びそうになった在順《ジエスニ》は「チッチ、糞忙し時怪我したらなにしてることかわからん」とぶつくさ言いながらビルの入り口に足を踏み入れた。ぶち抜きの一階は回収したダンボールの倉庫になっていた。何年来よどんで甘くすえた匂いに鼻をぐしゅんと鳴らす在順《ジエスニ》は点検中の竹田と顔を合わせた。「また呼び出しだっか」と竹田は同情の眼差しで挨拶した。在順《ジエスニ》は仕様ないわ、という表情を見せて二階に上がった。

斗基《トウギ》の部屋から快活な笑いが聞こえてきた。廊下にはなべ、やかん、脚のないお膳とかが並んでダンボールが雑然と置かれていた。

「えらい景気やげ」と在順《ジエスニ》は半ば羨む気持ちを嚙みしめて斗基《トウギ》の部屋に顔を出した。

「遅かったな」と斗基《トウギ》はめくれあがった唇を一層押し広げて言う。傍らに特級酒の五合瓶とグラスそれにもやし《コンナムル》、キムチ、蒸した豚とたれが無造作に置かれている。

「えらい挨拶やな、姐《ね》さん。勝手に呼んどいて」。いくぶんぶすっとして在順《ジエスニ》はやりかえす。

「お前のためなる思て呼んだ。イゴポラ（これ見てみ）」

斗基《トウギ》のごつごつとした手の平に純金の指輪が十数個ひしめいて蛍光燈に反射している。さながら神房《シンバン》が手の平にのせて占う米粒のような具合だ。

「安くしとくよ、姐《ね》さん」と闇の宝石商が口をはさむ。在順《ジエスニ》とは初顔合わせである。

在順《ジエスニ》は闇の宝石商の誘いには乗らず斗基《トウギ》をきっと見詰めて、

「姐《ね》さん、用事言《ゆ》のこのことか」と訊く。

「そや」と言って斗基《トウギ》はぐいっと酒をあおる。

「チッチ、私またほかに大事なことでもあるか思た」

「値打ちあるもん買う言《ゆ》の、これ投資言《ゆ》て大事なことや」

「姐《ね》さんみたい景気よかったらの話と違うか」

「アイゴ、それやからお前うだつ上がらん」

織細《デリカシー》さに欠ける斗基《トウギ》の言葉は錐の鋭さで相手の胸に突き刺さる。結果、相手が心に傷を負う。しかし、そのことに拘泥するやわな神経など斗基《トウギ》は持ち合わせていない。在順《ジエスニ》は心底腹を立て、

「大きなお世話やげ」と反発した。そして、感情がたかぶるに任せてくるりと踵《きびす》を返した。

「何処行く」

「帰って仕事する」

「指輪買わんとか」

「うだつの上がらん私になんで指輪要る」

「アイゴ、なにつまらんこと言《ゆ》てる。ええからここ座れ」

ぐいっと力ずくで引き寄せるような気迫がこもった言葉に在順《ジエスニ》は従う。

「ま、一杯いけや」

手の平にころがしていた純金の指輪を石かなにかのようにポイと畳の上に捨てて斗基《トウギ》は特級酒の五合瓶をひっつかむ。在順《ジェスニ》はすかさず身ぶりで「私飲めへん」と意思表示する。

闇の宝石商は弾みでたれの皿にとびこんだ指輪のひとつを慣れた手付きでつまみ上げ口の中に放りこむと舌を使って付着したたれを舐める。たれの代わりにねばっこい唾液が着いた指輪を眺めながら闇の宝石商は、

「うちのおっさんのついてるもん、この指輪みたい口にくわえたん昔のことなってもたな、ハッハハ」と快活に笑った。

「アイゴ、なにあほなこと言《ゆ》てる」と斗基《トウギ》は顔に笑みを浮かべてなじる。

「そない言《ゆ》たら姐《ね》さんのおっさんのついてるもんこれやったな」と闇の宝石商は広げた手の甲を上にしてかくんとおじぎさせる。

「チッチ、うちのおっさんのついてるもんこれでも」と斗基《トウギ》は広げた手の甲を上にしてぐっとそらせておいて、「わし興味ないど」と結んだ。

「もっとぴんと張った若いのんがええか」

「当り前や、ハッハハ」

在順《ジェスニ》は「何が悲してここにこんなして座ってなあかん」と頭の中で不平をたれる。闇の宝石商は素早い目付き《ヌンチ》で在順《ジェスニ》の顔色を窺い、

「さ、商売、商売」と気勢を上げた。

「わしはこれとこれとこれミッス（三つ）する」。斗基《トウギ》はバラ売りのりんごか柿でも選り分ける調子で純金の指輪をピックアップした。

「やっぱし姐《ね》さん、ええもん選ぶ」

闇の宝石商は賛嘆の声を上げた。

「お前もどれか取れ」と斗基《トウギ》は強い口調で言う。在順《ジェスニ》は酒を断わったときと同じ身ぶりで「私要らん」と意思表示した。しかし、斗基《トウギ》は執拗に食い下がった。

「買う金ないやげ」

在順《ジェスニ》は苛立ちと腹立ちが混在した感情をぶつけた。斗基《トウギ》は表情ひとつ変えない。

「わしが金出しとく」

「姐《ね》さんが立て替えてくれても金ない事情変わらん」

「あるとき払いでええ」

「いつあるときできる」

「生きてるときでけへんかったら、あの世行ってからでもええ」

「チッチ、姐《ね》さんおかしなこと言《ゆ》」

「わしはまともや」と言って斗基《トウギ》はめくれあがった唇にたばこをくわえて火を点けた。立ち上ぼる淡い煙りはゆらめいて斗基《トウギ》の背後の壁を這った。ぼんやりと煙りの行方を追う在順《ジェスニ》の視野に民団特製の日めくりカレンダーが入る。そして、向かいの壁にはハングルで「朝銀」と書かれたカレンダーがぶらさがっていた。

「さ、姐《ね》さん、女社長の気変わらんうちにこれ持って行きや」

闇の宝石商が手頃なものをひとつつまんで在順《ジェスニ》のひからびた手に握らせた。


「どないした」

気がつくと斗基《トウギ》がすぐ傍らに来ていた。肥大した顔に汗がびっしり吹き出てめくれあがった唇から熱い息がもれる。

「あの姐《ね》さんどないしてる」と在順《ジェスニ》は記憶の中の斗基《トウギ》に語るように訊く。

「誰のこと」

「指輪売ってた姐《ね》さんや」

「チュウォルのことか」

「その姐《ね》さんやろ」

「ハングック（韓国）行ったきり戻ってない」

「なんで」

「わしがチュウォルのことなんでも知ってなあかん法律できたか」

「そのうちできるのと違うか」と在順《ジェスニ》はからかってみる。

「できたらひねりつぶすだけや」

ぶ然とした口調で斗基《トウギ》は言い放つ。

「姐《ね》さんやったらほんまにやるやろな」

「当り前やないか」

「姐《ね》さんに警察要らんな」

「警察怖がってて世の中生きていけるか」

「警察のほうで逃げて行くわ」

「わかってること言《ゆ》うことない」

夏の陽光にきらめく渓流のせせらぎが気分を和ませる。斗基《トウギ》は韓式模様のふくろからたばこを取り出し、ぎこちない手付きで火を点ける。たなびく煙りの彼方にからすの鳴き声がした。

「本当のこと言《ゆ》うたらチュウォル海で死んだ」

意外な事実に在順《ジェスニ》は驚き斗基《トウギ》の顔をまじまじと見詰めた。

「済州島《チェジュド》にチュウォルのピョンシン（知恵おくれ）の息子いてた。イルチェシデ（日帝時代）終わってすぐチュウォル済州島帰った。そやけどチェス（運）ないことに選挙反対や、選挙反対言《ゆ》うもんペルゲンイ（赤）や言《ゆ》うて、チェジュッサラム（済州島の人間）とユッチサラム（本土の人間）殺しあいした言《ゆ》う話お前も知ってるやろ。そのどさくさに出来たピョンシンの息子コモニム（姑母様）に預けてチュウォル日本に逃げてきたやげ」

「ソワ（昭和）何年」と在順《ジェスニ》は訊く。

「ソワニチュウョンネンや。その一年後今度はサンパルソン（三十八度線）はさんで戦争や」

「ほんまに私らの国チェスないな」

渓流に流される落葉を目で追いながら在順《ジェスニ》は言う。斗基《トゥギ》は深々と吸い込んだたばこの煙りを熱さにゆらめく虚空に吐き出す。彼方の青い空に黒い塊がすうと飛翔した。

「チュウォルが日本で生んで育てた息子五人いてるけど五人ともみんな達者に暮らしてる。そやからチュウォル闇の指輪売らんでも十分生きていける身分やった。ま、チュウォルにしてみたら済州島《チェジュド》に置いてきたピョンシンの息子がなんや言《ゆ》ても一番気にかかったわけや。

言《ゆ》てみたらチュウォルはコモニムにピョンシンの息子面倒見る金送るため闇の指輪売ってたことなる。こっちにいてる五人の息子らくれる金は自分の生活するのに使ってた。

ほんで南と北が一緒なってなんとか声明言《ゆ》の出した年、チュウォルのコモニムあの世行った。チュウォルはコモニムが元気な間になんとかピョンシンの息子猪飼野呼んで一緒に暮らそて思てた。済州島の役所に頼んでパスポト出してもらう運動したけど駄目言《ゆ》ことやった。そやってるうちにコモニム死んだわけや。ピョンシンの息子面倒見る釈迦みたい心持った人間いてない。親戚に面倒見る言《ゆ》人間いてたけど金目当てやった。

結局、チュウォル自分が行って闇でピョンシンの息子連れて来る以外手ない思た。ほんで、〈どんぶりこ〉のブロカに話つけて済州島からピョンシンの息子と一緒に船の底隠れて日本来ることなったやげ。ほんまにチュウォル言《ゆ》たらチェスなかった。船もろとも海沈んでしもた」

斗基《トウギ》が指にはさむたばこはほとんど灰だけになっていた。斗基《トウギ》は死者に手向ける花を投げるようにたばこを捨てた。じりじりと日差しを急勾配の細道に照りつける太陽がいくぶん西に傾いている。渓流のせせらぎを撫でるような風がさっと吹く。

「なんやおもしろい姐《ね》さんや思たけど、そか、あの世行ったんか」と在順《ジェスニ》は感慨深げにつぶやいた。

「わしもじきあの世行きなる」

告別のニュアンスをこめた唐突な言葉に在順《ジェスニ》ははっと目を見開いて、

「どないした姐《ね》さん」と斗基《トウギ》の顔を窺った。いつでもやったるでといわんばかりの負けん気に翳《かげり》がさしている。ダンボール回収の女社長を廃業した後も強気できた斗基《トウギ》だけに在順《ジェスニ》は正直意外な思いがした。

「どないもしてない」

「姐《ね》さんがしんみりしたこと言《ゆ》のめったにないことやからな」

「おっさんあの世行ってからわしも気弱なった」

「そんなもんかな」と在順《ジェスニ》は首をひねった。

「そんなもんや」

大きく息を吸い込んだ斗基《トウギ》は、

「さ、行くど」と言って足を踏み出した。

二人の婦人が額田の中腹にある奉天寺に着いてみると、直立不動の姿勢で裏山から落ちる滝に背中を打たれている人間が真っ先に目に飛び込んできた。男はパンツ一枚の恰好で、女は綿《めん》のシュミーズというなりで、それぞれ真剣に滝《ムル》あたり《マジ》していた。

蟬の喧騒を圧倒する滝の音は跳ね上がる水しぶきを伴って夏の倦怠を浄化させる。

「アイゴ、やっと来たな、姐《ね》さん」と在順《ジエスニ》は歓喜の声を張り上げた。

「ああ」と言ったきり斗基《トウギ》は疲れきった牛が牛舎に入り込むような具合で木陰に置かれた竹作りの長椅子にへたりこんだ。

「生駒みたいケブルカーあったら楽やのにな、姐《ね》さん」

在順《ジエスニ》の言葉もうわの空で斗基《トウギ》はぼうとした眼差しを滝《ムル》あたり《マジ》する人達に向けている。滝が跳ね上げる水しぶきを股倉に呼び込もうとするかのように足を押し広げてはあはあと肩で息をした。肥満したからだをすっぽりと包むムームーが大きくうねる。

障子を開け放った本堂にくつろぐ人達の笑い声がどっと起きた。見ると酒宴が真っ盛りで長鼓《チヤング》を打ち鳴らして踊りに興じる老人《ハルバン》もいた。

「からだ浮き浮きしてきたで、姐《ね》さん」と在順《ジエスニ》は本堂を見やりながら言った。

「お前行って踊ってこい」。ぶすっと斗基《トウギ》は言う。斗基《トウギ》の顔を覗き込んで在順《ジェスニ》は、

「姐《ね》さんも一緒に踊ろや」と言った。

「酒飲まんと踊れるか。向こう行って酒持って来い」

在順《ジェスニ》は「姐《ね》さん酒飲まんでも踊れる」と言うところだった。しかし、とっさの判断でぐっと押さえた。女社長時代の斗基《トウギ》ならさっさと本堂に上がりこみ老人《ハルバン》をけしかけてもっと律動的に長鼓《チャンク》を叩かせながら踊ったことだろう。そして、踊りの合間に一升瓶を空けていく。かつての栄華がごつごつとした指にはまった純金の指輪のきらめきにだけ痕跡をとどめる斗基《トウギ》を在順《ジェスニ》はいたわる。

「そやな、姐《ね》さん酒入らなあかんかったな」

「わかってたら、早よ持って来い」

苛立ちと憤懣が詰まった球を投げつけるように斗基《トウギ》は言いつける。在順《ジェスニ》は「姐《ね》さんの気持ちわかってるて」といわんばかりにうなずいて本堂のほうに行きかけた。すると、その本堂から「久しぶりやな、姐《ね》さんら」と声がした。

聞き覚えがあるようで誰かはわからない声の主を在順《ジェスニ》は見た。本堂の縁側をどてっと飛び降りて素足のままよたよたと駆け寄ってくる相手はムームーを纏《まと》い斗基《トウギ》と同じかあるいは半回り上回るかといった程度に肥満していた。顔の大きさにしたところで斗基《トウギ》と大同小異だった。在順《ジェスニ》は思わずぷっと吹き出すところだった。どうにか笑いは嚙み殺した。

〈そっくりさん〉の声の質は斗基《トウギ》の甲高いのに比べて低くてしわがれている。この点が在順《ジェスニ》にはま

たおかしかった。

〈そっくりさん〉は滝《ムルマジ》あたりをしたばかりなのか髪の毛が濡れて朝露のようなしずくがぷよぷよの胸のあたりに落ちている。

一瞬あっけにとられた斗基《トウギ》は気を取り直すと「なんやお前」という目付き《ヌンチ》で自分の〈そっくりさん〉をにらみつけた。

〈そっくりさん〉は全く動じる気配もなく在順《ジェスニ》と斗基《トウギ》を交互に見詰めて、

「ほんまに久しぶりやげ」と感激を繰り返す。

「お前誰や」と不快げに斗基《トウギ》が訊く。

「姐《ね》さん、私忘れたか。ほら、ダンボール集めてたピルファや」と〈そっくりさん〉は名を告げた。

「ピルファ？」。斗基《トウギ》は女社長時代の記憶を辿るが、「思いあたる節ない」といわんげに首を傾げる。

「ひょっとしたら大池中学裏に住んでたピルファか」と在順《ジェスニ》は自信なさげに訊いた。というのも、在《ジェ》順《スニ》の記憶にあるピルファは洗濯板とまではいかなくてもそこそこ痩せていたからだ。

「マッスダ（当たり）。私今東成区役所裏に住んでる」

「本当にお前ピルファか」。やっと思い当たる節を見つけた斗基《トウギ》はそれでも「そんなはずない」と警戒心を捨て切れずにいる。扁平な顔に微笑を浮かべるピルファは斗基《トウギ》も在順《ジェスニ》も共に陥っている疑問に気がつき、

「無理ないわな、ダンボール集めてた頃の私言《ゆ》たら野良犬みたい痩せてたから」と切り出し、先を続

けた。

「私冷え症やったん姐《ね》さん知らんかな。夏はええけど冬寒い中猪飼野回ってダンボール集めるのつらい仕事や。ほんで鶴橋の商店街でキムチ売るヨンスン言《ゆ》う私の友達漢方薬飲んだらええ言《ゆ》て勧めた。ヨンスンも私みたい冷え症で漢方薬飲んでましなった言《ゆ》うことやった。漢方薬私に合わんかったや。漢方薬飲んでから私のからだ膨らまし粉入れたみたいぶくぶく肥えたやげ、ハッハハ」

「そか、お前ピルファか」

どうにか納得したものの依然と硬い表情の斗基《トゥギ》とは対照的に在順《ジェスニ》は顔をほころばせて「アイゴ、ピルファ」と歓喜の声を上げた。なんといっても十数年ぶりの再会だった。

「ほんま誰か思た」

感激のうねりが引いたところで在順《ジェスニ》はあらためてピルファの肥満化に驚きを表わした。

「動くの牛みたいのろなってこれでも人間か思うわ、ハッハハ」とピルファは快活に笑う。つられて在順《ジェスニ》も笑う。しかし、斗基《トゥギ》は「なにあほなこと言《ゆ》てる」といわんばかり表情ひとつ変えない。そして韓式模様のふくろからたばこを取り出してめくれた唇に差し込む。だが、火もつけずぼうと水しぶきをあげる滝を眺めた。

ピルファは笑いのかけらを細い目許に残して、

「兄《に》さんどないしてる」と訊いた。

斗基《トゥギ》はたばこに火をつけただけで、一言も口をきかない。笑いのかけらは目許に残したまま立ち往生するピルファに在順《ジェスニ》が助け舟を出す。

「死んだやげ」

「えっ」と絶句するピルファの目許から笑いのかけらがこぼれ落ちた。苦悩する牛のような形相でピルファは悲嘆の溜め息をもらしたかと思うと、堰を切ったように「アイゴ」と号泣した。

「おっさんぁの世行ったから言《ゆ》てなんでお前が泣く」

いかにもけったくそ悪いといった顔付きで斗基《トウギ》は突き放すように言う。ピルファは冷淡な元女社長の態度に頓着することなく悲しみの殻に閉じこもって弔意の情をぶちまけた。

「兄《に》さんええ人やった。暑い夏冷えた麦茶出してくれたし、寒い冬熱い番茶出してくれた。姐《ね》さんの気性きつい分兄《に》さん優しかったやげ。ダンボール集めて私ら今度生まれ変わったら兄《に》さんみたいな男にシジップカン(嫁入り)したい言《ゆ》てた。アイゴ、そやのにハヌニム(天の神)一体どこに目つけてる。ほかになんぼでもあの世引っぱっていく人間いてるやろに。アイゴ、私カワソ(可哀相)や。兄《に》さんぁの世行く前せめて一目見たかった」

ピルファの過剰な嘆きぶりに斗基《トウギ》は「チッチ、あほらしもない」としらけた。思えば、ダンボール集めの働き手たちが「兄《に》さん」と呼んでいた石宙《ソッチュ》とピルファは済州島の同じ村の出だけに特に懇意な間柄だった。もちろん、ただそれだけのことではあったが。

「在順《ジェスニ》、酒どないした」

見ると斗基《トウギ》はたばこをくわえたまま滝を眺めている。たばこの煙りは滝のほうから吹き寄せる風にゆらめき抽象画を描いて消えていく。ピルファは相変わらず立ち尽くして泣いている。「今取って来る」と言って在順《ジェスニ》は本堂に足を向けた。頭上高く飛来したからすが鳴く。上を見上げてからすの行方を追う在順《ジェスニ》の脳裏にふとある光景が蘇った。

正確にいつとは言えなかったが、斗基《トウギ》が突然在順《ジェスニ》を電話で呼び出して「投資や」いうことで純金の指輪を押しつけた年の前か後あたりであることは間違いなかった。斗基《トウギ》のビルの近くで火事があった。火災が発生した場所は運河沿いに住む在順《ジェスニ》の家から見るとちょうど斗基《トウギ》のビルと同一直線上にあった。在順《ジェスニ》は「大変やげ」と慌てふためいて火事場に駆けつけた。その途中からすが頭上を飛来した。在順《ジェスニ》はいやな予感がして足を速めた。

大池中学校の周辺に来たところで改造リヤカーに拾い集めたダンボールを満載したピルファとばったり出会った。

「会社が火事や」とピルファは悲痛な顔付で言った。在順《ジェスニ》は「会社」という言葉を奇異に感じたが、この場はそんな事を気に留める余裕はない。確かに斗基《トウギ》はよく「わしとこは株式会社や」と自慢していた。実態は単なる個人企業であることは誰もが知っていたが。ま、とにかく今は三階建てのビル「株式会社丸福」に直行することが大事なことだった。もっとも、ピルファがあわてふためいて引く改造リヤカーの上からダンボールの一つが路上にずり落ちた時、反射的に在順《ジェスニ》はそれを拾い半ばひきずるような恰好になったが。

サイレンを鳴らして通過して行く消防車は野次馬の人だかりに速度を落とす。ピルファが引く改造リヤカーは人だかりの真っ只中に突っ込み立ち往生した。どうにかひきずってきたダンボールを改造リヤカーに戻した在順《ジェスニ》はほっと一息つくとピルファを残してひとり先に行こうとした。

「姐《ね》さん、ちょっと待ってや」

ピルファの悲痛な声に在順《ジェスニ》は立ち止まり、後ろを振り向いた。にっちもさっちもいかない改造リヤカーのかじ棒を固く握りしめたピルファは「アイゴ、どないしたらええ」と途方にくれている。かといって在順《ジェスニ》が一緒にいたところでらちがあくわけでもなかった。

「とにかく私様子見てくるから、姐《ね》さんここに居て待っときや」

在順《ジェスニ》が再び離れて行こうとすると、ピルファは「それとんでもないことやげ」といわんばかりの顔付きになって口を開いた。

「リヤカーここ置いといて私も行く」

「何言《ゆ》てる、姐《ね》さん。お金道ばた放ったらかして置くことと同《おんな》しや」

「そない言《ゆ》たかて、兄《に》さん心配や」

「斗基《トウギ》がちゃんと付いてるから大丈夫」

まるで石宙《ソッチュ》を子供扱いしたような言いかたに在順《ジェスニ》は自分でもおかしかった。実際、ねずみ年生れの小柄な石宙《ソッチュ》は斗基《トウギ》にぴったり寄り添っている印象が強い。だいたい、物事を決定するのはすべて斗《トゥ》基《ギ》の役目といって差し支えない。

そもそも二人の人生の出発点である結婚が斗基《トウギ》の意思で決まったようなものであった。うだつの上がらない一人暮らしの石宙《ソッチュ》を強引に自分の家——といってもトットナリ程度のもの——に連れ込んで、「わしと一緒にいてたらええ」とさながら股倉の大事なものをぐっと摑んだように石宙《ソッチュ》をそばに置いた。仕事も石宙《ソッチュ》にまかしたのでは赤字が出ると判断した斗基《トウギ》は二人一緒にできるてっとり早いものとして「なんでも屋」をはじめた。ぼろ、鉄屑、ひしゃげた鍋にやかんといったそこらに打ち捨てられた廃品を集めて回る「なんでも屋」はなんといっても元手がからだひとつという気安さがあった。

やがてどこからかダンボール回収は儲けがぼろいと聞きつけた斗基《トウギ》はさっそく方針を転換した。「なんでも屋」で蓄えた金と頼母子で落とした金を合わせて事業資金を調達し、土地を買い入れてビルを建てることにした。ビルといっても二階建ての安普請だったが。

さすがにこのときばかりは石宙《ソッチュ》は不安にかられて、「そんな思いきったことして大丈夫か」と計画の再考を促した。しかし、あっさり斗基《トウギ》に「誰かあんたにビル建て言《ゆ》たか。わしにまかせたらええ」といなされた。

こうして「株式会社丸福」が設立されたわけだが、不思議なことに何度かビルが火事に見舞われ、その度にビルが大きく建て直された。斗基《トウギ》のことを「火事肥り」と呼ぶ中傷が伝染病かなにかのように猪飼野に広まりずっとくすぶり続けていた。

けたたましいサイレンを鳴らして再び消防車が野次馬を掻き分けるようにして通過して行く。在順《ジェスニ》はピルファと力を合わせて改造リヤカーを端に寄せた。

「斗基《トウギ》とこまた火事か」

「そみたいや」

ピルファのすぐ傍らでやりとりが聞こえた。見ると、一条通りに住む容子《ヨンジャ》と幸子《ヘンジャ》が顔を歪めて火事場のほうを眺めている。えらいとこでえらいもんらと会《お》たな、と在順《ジェスニ》は憂鬱な気分になった。なにせ他人のあら捜しと流言蜚語に生き甲斐を見出す輩だ。ピルファを見つけた二人はこれ幸いとばかり近寄って来たに違いない。

「斗基《トウギ》とこビルまた火事肥りするな」と容子《ヨンジャ》がおもむろに振り向いてピルファに話しかけた。

「それど言意味《ゆ》、姐《ね》さん」とピルファは相手をにらみつける。

「斗基《トウギ》とこで仕事してたらムスン(なんの)意味かわかるのと違うか」。幸子《ヘンジャ》が口をはさむ。

「わからん」とピルファは突っぱねた。容子《ヨンジャ》と幸子《ヘンジャ》は顔を見合わせて異口同音に口を開いた。

「呆れたもんや」

ピルファも負けてはいない。改造リヤカーのかじ棒を固く握りしめる手を支点にして華奢なからだを乗り出して攻勢に出た。

「呆れたもんは姐《ね》さんらや」

「アイゴ、生意気なこと言《ゆ》たらダンボール拾われへんよにするぞ」

「顔上げて猪飼野歩かれへんよにしたる」

容子《ヨンジャ》と幸子《ヘンジャ》の連合した脅迫に一瞬たじろいだかに見えたピルファは「そんな威かしでへこたれる私

か」と不屈の目付《ヌンチ》きで相手を見据える。

「チッチ、大体斗基《トウギ》のおっさん鼠みたいちょろちょろしてからなんでもかんでも女任せや。付いてるもん取ってしもたらどないやねん」

「付いてるもん取って斗基《トウギ》の穴に付け替えたらちょうどええわ、ハッハハ」

さすがにこの侮辱には堪えられなかった。ピルファは改造リヤカーのかじ棒をぱっと放したかと思うと容子《ヨンジャ》と幸子《ヘンジャ》に飛びかかった。

「アイゴ、なにすんねん」

「暴力なしや」

「うるさいわ、お前らの汚い口二度と開かれへんよにしたる」

行き掛かり上在順《ジェスニ》はピルファに加勢するほかなかった。野次馬の一部は遠くの火事より近くの喧嘩がおもしろいとばかり関心の対象を換えた。

喧嘩は巡査の手ですぐに収拾された。容子《ヨンジャ》と幸子《ヘンジャ》は「火事肥り」と捨てぜりふを吐いて立ち去った。ピルファは「アイゴ、あんな腐った女らに馬鹿にされて悔しいやげ」と何度も何度も慨嘆した。在順《ジェスニ》は慰める言葉を見つけるのももどかしくさっさと火事場に向かった。

斗基《トウギ》のビルが何事もなくそのまま無事に立っているのを見て、在順《ジェスニ》は心底嬉しかった。早速、脱兎の勢いで二階に上がりこんだ。驚いたことに斗基《トウギ》は悠然と昼寝をしていた。すぐ近くに聞こえる無気味なサイレンの音を圧倒するいびきに在順《ジェスニ》は「ほんま、大物なるで」と感心するわ、気抜けするわでその場にへなへなと座り込んだ。

「遅かったな。酒屋まで買いに行ってたんか」

「そやげ。鶴橋まで行ってた」

厭味には洒落が一番とばかり在順《ジエスニ》はにこっと笑う。

「チッチ、しょうむないこと言《ゆ》わんと早よかせ」と斗基《トウギ》は在順《ジエスニ》の手から一升瓶とグラスをひったくる。荒んだ手酌でつぐ酒はグラスに溢れて地面に落ちた。斗基《トウギ》は本堂の陽気な酒宴に背を向けるようにしてグラス一杯の酒を一息で飲みほした。

「相変わらず姐《ね》さん酒強いな」と石宙《ソッチュ》の思い出に耽ってうなだれていたピルファが賛嘆の声を上げた。

斗基《トウギ》は依然ピルファを無視して二杯目の酒をあおる。

「ダンボール集めてたときから姐《ね》さん私に冷たかったな」。一転してピルファは慨嘆する。

「蛇神祭るムラに生まれた女碌《ろく》なんおらん」

「姐《ね》さんそんなひどいことよ言《ゆ》えるな」

温厚なピルファの顔が竹藪のように陰鬱にかげった。

「姐《ね》さん、それは言い過ぎや。ピルファは姐《ね》さんのこと庇ってたのに」と在順《ジエスニ》は口をはさむ。

「誰かわしのこと庇ってくれ言《ゆ》たか」と斗基《トウギ》はギロッとピルファをにらんだ。ピルファはたじろいで目をそらす。

「悪気ないから気にせんといたらええ」と在順《ジェスニ》はピルファを慰めた。

歓声が本堂に上がり長鼓《チャング》に加えて銅鑼が打ち鳴らされた。グワンと空気を破る銅鑼の音は額田の山に余韻を響かす。チッチ、最低の滝《ムル》あたり《マジ》なりそや、と在順《ジェスニ》は憂欝になった。これまで三、四年に一度は額田に来て滝《ムル》あたり《マジ》をしてきた。しかし、出だしからこのような具合に暗たんとしたことはなかった。だいたい誰もがここでは陽気になって当り前なのだ。誰が金を払ってまでして憂欝な気分になる。世間の垢を滝の水にきれいさっぱり洗い流してもらってこそ滝《ムル》あたり《マジ》の価値がある。

斗基《トウギ》と一緒に来たんが間違いやったわ、と在順《ジェスニ》は後悔した。実際、最近の斗基《トウギ》は目に余るほど他人に絡みその場の雰囲気をぶち壊す場合が多い。

だから、七日前に「額田行こ」と斗基《トウギ》に誘われたとき最初在順《ジェスニ》は、

「姐《ね》さん、また絡むのと違うか」と難色を示した。

「心配せんでええ。ムルマジ行くの最後なるかわからん。他人にからんでる余裕ない」

在順《ジェスニ》は「最後なるかわからん」という言葉に負けた。ところが、なんのことはない。久し振りに再会したピルファに絡みはじめている。

「姐《ね》さん、約束違う」と在順《ジェスニ》は思い余って斗基《トウギ》を非難した。酔いが回り目が座ってきた斗基《トウギ》は鼠のフンほども動じる気配がない。

「お前と何の約束した」

「アイゴ、これやから姐《ね》さんは」と在順《ジェスニ》は失望をあからさまにだす。

「そんな顔するな。今度フランス行くことあったらお前連れて行ったる」

誰が姐《ね》さんと行くか、と在順《ジェスニ》は腹の中で反発する。

「へえ、姐《ね》さんフランス行ったん」

ピルファは賛嘆しつくづくと斗基《トゥギ》の顔を見入る。「なんじゃい」と見返す斗基《トゥギ》の顔に優越感がかすかに浮かぶ。

「わしは香港も行ったし、アメリカも行った」

「アイゴ、羨ましな」

ピルファの声に斗基《トゥギ》は「そやろ」といわんばかりに胸を張る。在順《ジェスニ》は斗基《トゥギ》の虚勢がおかしくて仕方なかった。しかし、同時になにかせつない思いがした。フランスは確かに行ったが、香港とアメリカは嘘である。それはまあいい。話のついでということもある。だが、「ムルマジ行くの最後なるかわからん」と告げた当の本人から「フランス連れて行ったる」という言葉を聞くとは思ってもいなかった。

そもそも、斗基《トゥギ》はフランスに行く立場にはなかった。というのも「株式会社丸福」が倒産して山ほど抱えた借金を返済しなければならない現実を蹴っとばしてフランスツアーにもぐりこんだ。借金の中には頼母子も含まれていた。当然、斗基《トゥギ》がフランスから帰ったと聞くや、頼母子の「親」と「子」

が押し掛けて来た。

「フランス行く金あったら頼母子の金返したらどないや」という非難に斗基《トウギ》は全く動揺する様子もなかった。それどころか土産物を整理しながら、

「お前らも死ぬまで一遍行って来い」と言う始末だった。腹立ちまぎれに頼母子の「親」が「死んだおっさんに高い保険掛けてたやろ」と詰め寄った。すると、斗基《トウギ》はギロッと「親」をにらみ、

「それがどないした」と突っぱねた。早速、一条通りの容子《ヨンジャ》と幸子《ヘンジャ》は猪飼野中に「火事肥りが借金も返さんとおっさんに掛けた保険でフランス行った」と真実半分嘘半分の話を広めた。


「おっ、なかなか姐さんいけるな」

斗基《トウギ》の飲みっぷりに感心した初老の男が二人立っていた。滝あたり《ムルマジ》をしたばかりで一人は滝の水に濡れたステテコを穿いたっきり上半身は裸で手拭を肩にかけていた。あと一人は周衣《トゥルマギ》のようなものを濡れたからだにひっかけていた。二人とも手にグラスを持っている。在順《ジェスニ》は厭な感じがした。なんにもなかったらええけど、と祈る気分だった。滝の裏手から風に乗って飛来してきた大物のからすが腰を掛けるように悠然と本堂の屋根の頂に舞い降りた。そして、周囲を一喝するように鋭くカアーと鳴く。蟬の鳴き声がひときわ高くなり波のようにうねる。

「姐《ね》さん、私の遠い親戚なる人や」とピルファは〈ステテコ〉を紹介した。在順《ジェスニ》は内心ほっとした。しかし、冷静に考えると却ってピルファの親戚ということで斗基《トウギ》はからむかもしれなかった。どうな

るかは斗基《トウギ》まかせである。

「姐さん、ついでくれるか」と〈ステテコ〉がグラスを差し出す。

「なんでわしがお前に酌しなあかん」

斗基《トウギ》の凄みのある声に〈ステテコ〉は苦笑いして相棒の顔を見る。〈トゥルマギもどき〉は不快感をからだ全身で現わす。在順《ジェスニ》はぐるっと回りこんで斗基《トウギ》の手から一升瓶を強引に取りあげた。

「何する」と非難の目で斗基《トウギ》は在順《ジェスニ》をにらみつけた。

「気にせんと一杯飲んで」。在順《ジェスニ》は初老の二人の男についだ。

「こわい姐さんやな」と〈ステテコ〉は声を潜めて在順《ジェスニ》に言った。

「そんなことないやげ」。在順《ジェスニ》はきっぱり否定する。

「兄《に》さん亡くなった」とピルファがしんみりとした口調で補足する。

「兄《に》さんてこの姐さんのこれか」と〈ステテコ〉は親指を突き立てる。

「そやげ」。ピルファはうなずく。

「余計なこと言《ゆ》な」

水しぶきを上げて落ちる滝の音を圧倒するような怒声に初老の男二人はたじろぐ。えらいことなってきたな、と在順《ジェスニ》は思った。

「ピルファ、姐《ね》さんひとりにしたほうがええ」

在順《ジェスニ》はピルファに〈ステテコ〉と〈トゥルマギもどき〉を本堂に連れて行くように目配せした。

「アラッスダ（わかった）」とピルファはうなずく。

「酒どないした」。斗基《トウギ》はめくれあがった唇を押し広げて叫ぶ。〈ステテコ〉は顔をにやつかせて一升瓶を在順《ジエスニ》の手から取ろうとした。

「駄目やげ」と在順《ジエスニ》は一升瓶を持つ手を引く。

「まあまあ」と〈ステテコ〉は手を回す。

「ほんまに駄目やげ」。在順《ジエスニ》は後ずさる。

「酒どないした」。斗基《トウギ》はグラスを振り回す。

「ほら」と〈ステテコ〉は勝ち誇ったように促す。仕方なしに在順《ジエスニ》は一升瓶を渡した。長鼓《チャング》と銅鑼が競い合って打ち鳴らす音が空気をびんびん震わせる。〈ステテコ〉は半ば踊るような足取りで斗基《トウギ》に歩み寄り酌をした。斗基《トウギ》は鷹揚にうなずいて酌を受け、滝の水しぶきを見ながら一気にぐいっと飲む。

「いやあ、姐さんなかなかの大物やな」と〈ステテコ〉は持ち上げた。斗基《トウギ》は「やっとわかったか」といわんげに得意な顔になる。

ああ、と在順《ジエスニ》は溜め息をつく。ほんまにこのおっさんしょうむないこと言《ゆ》てから。

「ピルファ、この大物の姐さんの名前何て言う」。ピルファが答えようとするよりも早く斗基《トウギ》が厳しい顔付きで口を切った。

「お前何処住んでる」

「生野やけど」

「生野住んでてわしの名前知らんのか」

「なんせ、姐さんの顔見るの初めてやからな」

チッチ、こらあかんわ、と在順《ジェスニ》は事態の成り行きを悲観した。

「高《コ》斗基《トウギ》」とピルファが気を利かしたつもりで告げる。

「高《コ》斗基《トウギ》か。なんや男の名前みたいやな」

「それがどした」と斗基《トウギ》はすごむ。

「なるほど、姐さんの飲みっぷりみたら男みたい名前いうのも納得いく」

「なんか、酒飲む方法で女についた名前男みたいや女みたいや言《ゆ》ことわかるのか」

「そういう訳やないけど」

「ほんだらどういう訳や」

「うっ」と〈ステテコ〉は言葉が詰まり相棒を見た。両班《ヤンバン》が常民《サンノム》を見下だすような目付き《ヌンチ》で斗基《トウギ》をにらみつけていた〈トゥルマギもどき〉はぴくぴくと眉毛を動かすだけで沈黙したままだった。

「さ、ピルファ、あっち行って踊ろや」

破局を予感する在順《ジェスニ》は初老の男二人をなんとかこの場から引き離したかった。しかし、もはや手遅れだった。からみからまれる糸はもつれにもつれてにっちもさっちもいかなくなっている。

本堂の屋根の頂に悠然と鎮座する大物のからすに西に傾く夏の陽光が照り返る。長鼓《チャング》のリズミカルな乾いた音が潮が引くように後退すると同時にさながら天の神《ハヌニム》を呼び込むほどの勢いで銅鑼が打ち鳴らされた。「チョッタ」という掛け声と共に歓声が上がる。

陽気で賑やかな本堂の酒宴を「あほらが」といわんばかりの荒んだ目付き《ヌンチ》でにらみつける斗基《トウギ》を尻目に突然ピルファが踊りだした。つられて在順《ジェスニ》も踊る衝動に駆られたが、ぐっと我慢した。ピルファは温厚な顔に笑みを浮かべて肩をゆすり足を運ぶ。〈ステテコ〉と〈トゥルマギもどき〉の間を擦り抜け斗基《トウギ》の鼻先に回りこむ。

「なんやお前」。不意を突かれた斗基《トウギ》は上体をそらしてピルファを眺める。肥満した舞姫はムームーの裾をひらひらさせて陶然と踊る。

在順《ジェスニ》はしみじみと思う。世の中ピルファみたいな人間ばっかりやったら斗基《トウギ》もからみ甲斐なくなるからからむ気なくして衝突なくなる。

「チョッタ」と〈ステテコ〉が合の手を入れた。斗基《トウギ》は〈ステテコ〉をキッと見据えて、「お前、人間穴から出てきて穴に入るの知ってるか」と謎をかけた。

「穴ねぇ」と「穴」に力をこめた〈ステテコ〉は顔に卑猥な笑いを貼りつけて楽しそうに首を傾げる。

「そんなこともわからんのか」。斗基《トウギ》の苛立ちが弓のようにしなる。

「穴見たことないもんな」。〈ステテコ〉の卑猥な笑いが頂点に達したと同時に斗基《トウギ》の苛立ちは暴力に転化した。

「ウー」と獣じみたうなり声を発して斗基《トウギ》は立ち上がり、その拍子によろめく。ピルファはちょうど水しぶきを上げる滝を向いて踊っていた。ピルファのゆらゆらと揺れるどでかい尻と斗基《トウギ》の岩のように硬直した険しい形相が一体となって在順《ジェスニ》の目に入る。危機的な状態であるにも拘わらず在順《ジェスニ》は不思議な滑稽感を持ち、ほんま裏表そっくりやげ、と思う余裕すらあった。もちろん、滑稽感も余裕も次の瞬間には一遍に吹っとんでしまったが。

斗基《トウギ》は手に摑んでいたグラスを〈ステテコ〉めがけてやにわに投げつけ、〈ステテコ〉がひょいとかわしてほっとしたところを顔に平手打ちを食らわせた。バシッと鈍い音がした。「あ、痛あ」。横にのけぞった〈ステテコ〉の顔面は蒼白で唇はぶるぶると震えていた。態勢を立て直した〈ステテコ〉は、「イニョナ（このあま）」と叫んで斗基《トウギ》に飛びかかる。ムームーの胸倉を摑み引き摺り倒そうとするが、斗基《トウギ》はびくともしない。しかし、薄い生地はビリッと裂けた。ぶよぶよの乳房がだらりと踊り出る。〈ステテコ〉は一瞬ひるむ。「わしを女やと思うな」。めくれあがった唇に溢れている唾液がポタッと乳房に落ちる。

「誰がお前みたいな女女て思うか」とののしりざま斗基《トウギ》の顔を打つ。唾液が滝の水しぶきのように跳ね上がり、唇から血がしみだす。

「お前の付いてるもんつぶしたる」

斗基《トウギ》はさっと〈ステテコ〉の股倉に手を伸ばし水に濡れたステテコの上から一物を鷲摑む。

「アイゴ」と悲鳴を上げて〈ステテコ〉はからだをくねらせてのけぞった。すると、ぴっちり股倉に密着していたデカパンごとステテコがずり落ちた。小指ほどに縮みあがった一物がぺろんとお辞儀する。

「ハッハ、それでも男か」

斗基《トウギ》はしょぼくれた一物を指差して嘲笑した。尻もちをついた恰好で自分の黒々とした一物を眺める羽目に陥った〈ステテコ〉は顔を真っ赤にして「よくも恥をかかせたな」と斗基《トウギ》をにらみつけた。

「姐《ね》さん、やめなげ」と斗基《トウギ》の前に立ちはだかった在順《ジエスニ》は踊りをやめてぼう然と突っ立つピルファに目で「早いとこ遠い親戚向《む》こ連れて行ってや」と合図した。

「アラッスダ(わかった)」とうなずくピルファはどたどたと駆けつけて一物をさらけだしている〈遠い親戚〉の傍らに立つ。〈遠い親戚〉はぶるぶると震える手でステテコとデカパンを引き上げたかと思うと、抱き起こそうとするピルファの手を払い突進した。〈ステテコ〉の頭突き《パッチギ》は在順《ジエスニ》の背中に命中した。

「アイゴ」と叫ぶ間もなく吹っとんだ在順《ジエスニ》はノックダウンされたボクサーのようにからだをまるごと預ける恰好で斗基《トウギ》にしなだれかかった。

「お前は引っ込んどけ」

耳元で怒鳴る斗基《トウギ》のからだに手を回す在順《ジエスニ》はちょうど大木にぶらさがる猿といったところだ。

「ええから、姐《ね》さん、やめなげ」

在順《ジエスニ》は必死に叫ぶ。ピルファはピルファで〈遠い親戚〉の後ろからステテコを摑んで、「頼むから、やめてや」と懸命に食い下がっている。今度はまぶしいほど白い尻が丸見えだった。

斗基《トウギ》の肥満してぶよぶよの肉にしがみついたまま在順《ジェスニ》は〈トゥルマギもどき〉に向かって声を張り上げた。

「兄《に》さん、電信柱みたい立ってんとなんとかしてや」

「失敬な」と〈トゥルマギもどき〉は胸をそらす。「しっけい（失敬）な」が「シッケ」と聞こえた在順《ジェスニ》は呆れた顔で、

「こんなときなんで法事出てくる」と非難した。というのも、済州島《チェジュン》の言葉《マル》「シッケ」は「チェサ（祭祀）」つまり「法事」にあたるからだ。

「なに変な言いがかりつける」

「そやかてシッケなんて言《ゆ》からや」

「私は失敬な、と言うたんだ」

ぶ然と〈トゥルマギもどき〉は在順《ジェスニ》をにらみつけた。その目はいかにも「教養のない女が」と言わんげだった。

「シッケなでもホッケなでもええからなんとかして言《ゆ》てる」

「私は機械工場の社長をしている」

優越感に満ちた顔で告げる。またぞろ在順《ジェスニ》は呆れ返った。

「アイゴ、裸なってムルマジしたら社長もへったくれもないのと違うか」

「な、何。れっきとしたクヮンサンキムシ（光山金氏）の私をつかまえて柿かなんかのへたと同じに扱

うとは」

「これやから国食われたんや、ほんま」

慨嘆した拍子に在順《ジエスニ》は斗基《トウギ》に振り落とされた。しかし、ただでは振り落とされない。しっかりと斗《トウ》基《ギ》の太い足にくらいついた。

「お前しつこいど」

在順《ジエスニ》を見下ろして斗基《トウギ》は言う。

「姐《ね》さんがしつこい」

在順《ジエスニ》はスッポンのように離れない。なんでこんな目に会わなあかんねんな、と思いながら。


朝の陽光が本堂に差し込む。隅に寝ている斗基《トウギ》の目に無造作に置かれた長鼓《チャング》と銅鑼が入る。すぐ向こうにはピルファの穏やかな寝顔が見えた。何事もなかったかのように本堂は静寂だった。ふっと重い溜め息が出る。

ハッと在順《ジエスニ》がいないことに気がつく。ぽかりと空白ができたように思えた。すると、その空白を埋めるように水しぶきを上げる滝の音がどっと押し寄せた。胸にわだかまる塊が洗い流される清浄感とからむようにしてむなしさが横たえた脊椎のあたりから立ち上ぼる。胸がきゅんと締まる思いがした。

おっさんが生きてたら、という観念が頭の芯から喉元に降りて来る。斗基《トウギ》は無意識に観念を吐き出す。

「おっさんが生きてたら」

「姐《ね》さんしょうむない喧嘩してなかったか」

枕許に在順《ジェスニ》が立って斗基《トウギ》を見下ろす恰好で口をはさんだ。斗基《トウギ》は上目遣いに在順《ジェスニ》をにらみ、

「どこ行ってた」と訊く。

「外の空気吸てきた」

「そか」と斗基《トウギ》はぼそっとつぶやく。

回りこんで斗基《トウギ》の右横に座った在順《ジェスニ》は、

「私帰った思たか」と今度は逆に訊く。

「なんでや」と斗基《トウギ》はとぼけた。

「あれだけ姐《ね》さん私に人にからむことせへんて約束しといて、ここ来るなり喧嘩や。お蔭で服破れるわ足打つわで、徹底的ひどい目に会った」

「誰かお前に喧嘩分け言《ゆ》たか」

「アイゴ、これやから」

在順《ジェスニ》の溜め息を尻目に斗基《トウギ》は平然と純金の指輪をさすりながら遠くをぼんやりと見詰める。本堂の上空を飛来するからすの鳴き声が聞こえた。

「姐《ね》さん、気弱なった言《ゆ》てたけど、あれ嘘やな」。在順《ジェスニ》は追い撃ちをかけた。しかし、斗基《トウギ》は答えな

い。沈黙の間に滝の音が押し入る。

在順《ジェスニ》は「女社長時代のことみんなムルマジして流してしまいや」と言いかけて口をつぐんだ。斗基《トウギ》の目に涙が溢れているのを見たからだった。

「どないした、姐《ね》さん」。いたわる口調で在順《ジェスニ》は訊く。

「なんでもないやげ」

「なんでもない言《ゆ》て」と在順《ジェスニ》は言ったきり次に続く言葉「泣いてるやないか」を飲みこんだ。腫《は》れてひときわめくれ上がった斗基《トウギ》の唇を見て在順《ジェスニ》は、

「痛むか」と訊く。

「なにが」

痛々しい唇をとがらせて斗基《トウギ》はむっとする。

「口の傷や」

「こんなんが傷言《ゆ》えるか」

「片腕ちぎれるかしても姐《ね》さんそ言《ゆ》やろな」

「それがわしや」

「たいしたもんやわ」

半ば皮肉をこめて在順《ジェスニ》は賛嘆した。

斗基《トウギ》の目に溢れていた涙の跡がすっかり乾いていた。朝の陽光にまぶしげに目を細めて在順《ジェスニ》を見詰

める斗基《トウギ》はぶっきらぼうに、

「たばこ」と言う。

在順《ジエスニ》は韓式模様のふくろをまさぐりいこいを取り出す。

斗基《トウギ》の吐き出す煙りは拡散し朝の陽光に溶け込む。

「考えたら、おっさん死ぬ間際、病院のベッド上でたばこくれ言《ゆ》たな」

「そやった」

相槌を打つ在順《ジエスニ》の脳裏に石宙《ソッチユ》の口にたばこをくわえさせる斗基《トウギ》の姿が浮かんだ。「株式会社丸福」の最盛期に石宙《ソッチユ》は手遅れと診断された癌に因る死を迎えるために桃山市民病院に入院した。

「なんで一番大事なときこんなことなる」と運命《パルチヤ》に八つ当たりしていた斗基《トウギ》は看護のさなかでも納得のいかないぶ然とした顔付きだった。およそ病気というものに無縁で生きてきた斗基《トウギ》には陰気な病室そのものが我慢ならなかった。おまけに冬の陽光は窓の外に広がるかまどの灰をぶちまけたようなくすんだ灰色の光景を際立たせていた。

「こんなとこおったら早よ死ね言《ゆ》のと同《おん》なしや」と回診する医者に敵対したこともある。医者にしろ看護婦にしろさわらぬ神にたたりなしといった具合に斗基《トウギ》を避け、避けきれない局面に遭遇した際には顔をそらせた。

粉雪が北風に舞うある日の昼下がりに石宙《ソッチユ》は諦観した顔付きでぼんやりと斗基《トウギ》を見詰めていたかと思うとか細い声で、

「お前の勝気がもう見られへんなるな」と告げた。本来なら「わしが勝気やから言《ゆ》て何かあんた損することあったか」と斗基《トウギ》はねじふせるところであった。しかし、さすがにこのときばかりは違った。

「生きてたらなんぼでも見れる」

「もうわしは駄目や」

「こんなとこ居《い》てるから駄目なる思う。家帰るか」

石宙《ソッチュ》は苦笑いした。

「何処に居ても駄目なもんは駄目や」

「チッチ、病気治ったら一緒に済州島《チェジュド》行く言《ゆ》てたのと違うか」

「ほんまやな。済州島離れてもう何十年なるか忘れた、ハッハ」

寂しげに石宙《ソッチュ》は笑った。斗基《トウギ》は厳しい表情で窓の外に舞う粉雪を眺めた。洞窟のように薄暗い廊下の向こうからすすり泣きが聞こえて来た。「なんでや」とも「アイゴ」とも聞きとれる湿ってぼやけた声がすすり泣きにかぶさった。斗基《トウギ》はキッと廊下の向こうをにらみつけた。

「たばこくれるか」

石宙《ソッチュ》の痩せ細った手が伸び、人差し指と中指でたばこをはさむ仕草をした。斗基《トウギ》は韓式模様のふくろからいこいを取り出し、石宙《ソッチュ》の口にたばこをくわえさせてやった。力なく煙りを吐き出す石宙《ソッチュ》は斗《トウ》基《ギ》をじっと見た。

「どした」

灰皿を手に持って斗基《トウギ》が訊いた。

「わしの骨の一部、できたら済州島に埋めてくれるか」

「何言《ゆ》てる。わしがあの世行ってええ言《ゆ》までぁんた生きてる義務ある」

「そうしたいのはやまやまやけど、これぱっかしはどうしようもない、ハッハ」

石宙《ソッチュ》の虚無的な笑いを腹立たしく見守る斗基《トウギ》の顔に濃い不安の翳《かげり》がさした。石宙《ソッチュ》の口にくわえられたいこいの煙りが鶴橋斎場の煙突から立ち上ぼる煙りのようにゆらゆらと揺らめく。

揺らめく煙りを目で追う斗基《トウギ》は言い知れない空白感に内臓がねじれるような痛みを感じた。思わずからだをよじった拍子にいこいの灰が布団の端に落ちた。

「何してる、姐《ね》さん」と優しく言いながら在順《ジェスニ》は布団を汚した灰を手で払う。

「これ」と言って斗基《トウギ》は火のついたいこいを差し出す。在順《ジェスニ》は無造作に受け取ると灰皿の底に押しつけてたばこの火を消した。

「なんもかも失くしたやげ」

腫れた唇をすぼめて告げる斗基《トウギ》の声の悲痛な声が静寂な本堂の空気を震わす。純金の指輪が朝の陽光に鈍く反射する。

「チッチ、姐《ね》さんの人生まだまだこれからと違うか」。強い語調で在順《ジェスニ》は言う。

「わしの人生終わったも同《おんな》しや」

「姐《ね》さん、あほなこと言《ゆ》わんと昼なったらムルマジや。わかったか」。子供に念を押すように在順《ジェスニ》は語りかけた。斗基《トゥギ》は掛け布団を引き上げて顔を隠す。下からはみ出た太い足首は青く腫れていた。

「姐《ね》さん、もう人に絡むのなしやで。私の細いからだもたんから、ハッハハ」

在順《ジェスニ》は快活に笑った。

清冽な水しぶきを跳ね上げる滝の音が響く。

帰郷

墓参団にうまくもぐりこんで、五十数年ぶりに済州島に帰ることになった順愛《スネ》は、仕事の切れ目をぬって闇商品の買い出しに奔走した。

順愛《スネ》の値切りかたは普通ではなかった。それは、解放《ヘーバン》（日本の統治が終わった一九四五年八月十五日）後、闇商売時代に磨きあげた掛け引きの才能が忽然と長い眠りから目覚めたとでもいうほかはないほどあざやかなものだった。順愛《スネ》は、国際市場の雑踏をチャキチャキした足取りでたくみにかきわけ、漢字とかなが読めなくとも物を識別するりっぱな目がちゃんとついているといわんばかりに目指す店を見つけると、猪のような勢いで突進する。店員の挨拶には頰をピクッと動かして愛想笑いで応対し、心身は一直線に目的の品物に向かっていた。そして順愛《スネ》は、揉み手で満面微笑を浮かべた店員の鼻先に鷲摑みした品物を突きつけて、

「兄《ヒ》ちゃん、これ、いくら負ける」と切りつける。当然、順愛《スネ》が「これいくらする」と尋ねるものと

ばかり思っていた店員はあわてふためき、守勢に立たされる羽目になるわけだ。

店員では埒があかないと悟るや、順愛《スネ》はあっさりと見切りをつけ、カウンターの向こうに構えて立っている店長と直接交渉に入る。

「奥さん、手前どもといたしましては、せめてこれくらいで勘弁していただかないことには店がやっていけませんのですよ、はい」

算盤の珠を弾いて店長は上目遣いに順愛《スネ》の顔色をうかがう。

「チッチ、バケツ一杯の土取ったから言《ゆ》て、山つぶれるか」。あんまり理屈のわからん事言《ゆ》なよ、と順愛《スネ》はキッと店長をにらみつける。

「痛あ、これは一本やられましたな。いいでしょう、奥さんのおっしゃる値段で結構です」

店長はこりゃかなわんわ、といった風に首をふりながら苦笑する。

「おおきにな。また、娘結婚させる時買いに来るで」

「それはそれはどうも有難うございます」

順愛《スネ》は、戦利品をぶらさげた兵士が凱旋門をくぐり抜けるようにして店を出る。

こうして順愛《スネ》は、紳士服の袖部の縫製加工をする合間に何度か国際市場に乗りこんでは、そのたびに凱歌をあげて帰ってきたことになる。

片側の壁にびっしりと洋服ダンス、整理ダンス、衣裳ケース、テレビが林立する六畳の天井につるされた木綿糸とスチームアイロン用給水タンク、そして、アイロン、マッチ箱、布の切れ端、針山、ピンセット、チャコがのったバイタ（仕立て台）。鴨居の際に積みあげられた縫製を待つ袖部の素材。胃薬、インスタントコーヒー、時計、卓上電子計算機、カメラ、万年筆、コートといった順愛《スネ》の闇商品が、バイタと整理ダンスの谷間に並べられ、燦然と輝いていた。

順愛《スネ》は、良子《ヤンジャ》が領収書と順愛《スネ》自身が紙きれに書きつけた目録とを突き合わせて点検するのをじっと見守っていた。順愛《スネ》のハングルは拙くて均整に欠けていたが、象形文字のような魅力があった。

「オモニ、これ何ですか」

良子《ヤンジャ》が指さしたボールペンの先を見ると、〈망녀피《マンニョピー》〉となっていた。順愛《スネ》はあれこれ思いあたる言葉を探してみたが、頭の中にはそれらしい言葉が浮かんでこなかった。

「チッチ、私の脳味噌腐ってるから、字もまともに書かれへんな」

「あら、だってオモニ、学校には行けなかったんでしょう。それでも、こうしてきっちりとハングル書けてるんですから、私はりっぱだと思いますわ。私のオモニなんか全然書けないんですよ」

「そやげ、私らの時代言《ゆ》たら、女が教育《きょいく》受ける言《ゆ》たら、村中水ひっくりかえしたみたいに大騒ぎしてパンパン言《ゆ》て軽蔑されたもんや。ほんまに、私らの国言《ゆ》たら、頭暗かった。今考えてもゾッとするわ、ハッハ」

順愛《スネ》は案山子《かかし》に粘土をくっつけたような細い体をふるわせて笑った時には、いつも指で鼻を軽く敏捷につまんだ。針仕事で鍛えられた親指と人差し指が鼻を離れた瞬間、プショと摩擦音が出た。そして、一連の動作の仕上げとでもいうように順愛《スネ》は今度は手のひらで突出した頬骨をなでた。痩せた頬骨にへばりついた皮はひからびてしみが点在していた。たしかに、順愛《スネ》は還暦の祝いをとうに済ませ、絹の白いチョゴリ・チマもその時誂えてあって、いわば、棺桶に片足を突っこんでいるも同然の身勢《シンセ》であった。しかし、春分点にさしかかった太陽の運行にあわせているわけでもないだろうが、順愛《スネ》の服装はいかにも花が咲きみだれる野辺を思わす派手さがあった。なにせ、つい衝動買いしたブラウスがあまりに派手すぎて嫁《メヌリ》や娘《タル》にやることがあるほどであった。

良子《ヤンジャ》はあらためてつくづくと姑《シオモニ》を見つめた。どう見ても、姑《シオモニ》が還暦を過ぎているようには思えなかった。不思議だわ、本当に。良子《ヤンジャ》は胸の中でつぶやきながら、〈망녀피《マンニョピー》〉の音に合う漢字を脳裏に思い浮かべた。〈忘女《マンニョ》の血《ピー》〉……潰れた石榴《ざくろ》のようなものが頭をもたげた。あら、これじゃまるでオモニへのあてつけみたい。良子《ヤンジャ》はポッと頬をあからめて順愛《スネ》の顔をうかがった。順愛《スネ》はひとつひとつ撫でるように品物を凝視していた。

「ねえ、鐘一《ヂョンイル》さん、〈망녀피《マンニョピー》〉て何かしら」

寝そべって半ばまどろんだ目で新聞の活字を追っていた鐘一《ヂョンイル》はおっくうげに振り返った。

「どれや、かしてみい」。紙きれを受け取った鐘一《ヂョンイル》は単語を見た瞬間、それが〈만년필《マンニョンピル》〉の誤記であることを直感した。

「万年筆買うてるか、オモニ」

「アイゴ、そやげ。万年筆や」。順愛《スネ》はパンと手をたたいて小躍りした。

「オモニ、全部合計すると、三十二万円になりますけど、これでいいのかしら」。良子《ヤンジャ》ははじいた算盤の珠をじっと眺めながら言った。

「そや、そや、間違いない。落とした頼母子が三十五万円で、そのうち三万円はあれにやったから」

順愛《スネ》は不用意に口をすべらせた。

「なんやて、あれだけやったらあかん言うてんのに、まだ兄貴に金やってんのかいな。ほんまに」

鐘一《チョンイル》は苛立ちを隠しきれなかった。

「そんな言《ゆ》たかて、お前、蒼白い顔してもう今にも野垂れ死にしそうな恰好で来られてみいや、やらんわけにいかんで」

「それが兄貴の手口やないか」

「考えたら、あれも可哀そうな奴やないか。嫁さんに放り出されて乞食同然やねんから」

「自業自得違うか。義姉《ねえ》さんのカネ全部食うてしもたんやさかい」

「食《く》てしもたて、なにも、あれは競馬《けば》とか競輪《けりん》したわけやない。不動産《ふどさん》失敗したから、結果的そうなっただけや」

「食うたことに変わりないで」

「私は最初から、あれが春江さんと一緒になるの反対やった。国が違うし、占い見てもろても、不幸なるだけやと出てたしな。そやのに、あれは出雲大社《いつもたいさ》とかなんとか言《ゆ》とこで二人でこそっと式挙げた上に、帰化までしてしもた。あれは私らから離れたかったんや」

「ようわかってるやんか、オモニ。それだけわかってて、なんで、兄貴に金やるの」

「お前のお父《と》さんの墓建てたんは、あれやからな」

鐘一《チョンイル》はかろうじて、長男の当然の義務やないか、という言葉をのみこんだ。五十数年ぶりに故郷に旅立とうとしているオモニにしてみれば、たかだか三万円程度の金を出し惜しみすることで、晴れやかな心にしみがつくことは耐えられなかったに違いない。

「しかし、なんやな、あれが不幸なんは、海で死んだお前の祖父《ハルバン》と祖母《ハルマン》の骨拾うことも出来へんからかもしれんな」

「骨拾うにもどの海で死んだかもわからんのやろ」

「そや、朝鮮戦争《チョソンチョンジェン》の時、船乗ってて二人とも爆弾受けて死んだ言《ゆ》うことだけわかってる」

「どないしようもないやんか。それに、祖父《ハラボジ》と祖母《ハルモニ》の祭祀《チェサ》はちゃんとしてるのと違うかった」

「私らの国では海で死んだ者は海で祭祀《チェサ》せんとあかん言《ゆ》われてるからな」

「ほんだら、神房《シンバン》呼ぶの」

「チッチ、神房《シンバン》はこりごりや。お前のお父《と》さんの時も、神房《シンバン》なんかに頼まんとさっさと大きな病院連れていってたら、助かったかもしれへんしな」

「そしたら、家でやってるみたいな祭祀《チェサ》すんの」

「そんなたいそうにせえへん。ほんのちょっと供物持って行って拝むだけや」

順愛《スネ》はどことも知れない海を想い浮かべたつもりだったが、神木が空に突き上がっている堂《タン》が海に重なるようにしてよみがえった。盤石の祭壇の前では神房《シンバン》が笹〈カームサンキ〉を振りかざし神の降臨を請うていた。神房《シンバン》の顔は鐘一《チョンイル》の祖父《ハルバン》の顔だった。アイゴ、シアバン(舅)。順愛《スネ》は非常に驚いた。

心臓を握りつぶすようなけたたましい電話のベルが鳴った。鐘一《チョンイル》は反射的に跳ね起きて受話器を取った。

「ヨボセヨ」。鐘一《チョンイル》は自分の家の調子で応対した。電話の向こうは沈黙の闇だった。不審に思って鐘《チョン》一《イル》が二度目の「ヨボセヨ」を発しようとした拍子に、沈黙がパッと炸裂した。

「あんた誰《た》れ」。硬い節くれだった声だった。

鐘一《チョンイル》は不意に肩を突かれたように戸惑った。

「えっ？　あっ、ここの息子です」

「お母《か》さん居てる」

「居てますけど、どなたさんですか」

「李本のおばちゃん言《ゆ》たらわかる」

鐘一《チョンイル》は、独自の文法と常識をもってグイグイと押してくる一世のしたたかさにいつもながら感心した。順愛《スネ》が電話を受け継いだ。

「そや、去年東天閣《とてんかく》で式挙げた息子やげ。えっ！　ソウルの取り引き先、警察に追われてるて？　それ、姐《ね》さん、ほんま？　アイゴ、とないしたらええんや。全然連絡とられへんの？　姐《ね》さん言《ゆ》た通《と》り品物買《こ》て、ちゃんと持って行ける用意してあるのに」。順愛《スネ》はバイ、タとタンスの谷間に燦然ときらめいている品物に目をやった。

「何？　姐《ね》さん。他の取り引き先探してくれるの？　それなんとか頼むわ。ソウルに品物持って行ってあっちウロウロ、こっちウロウロしてたら精神《チョンシン》なくなってしまうわ、ハッハ。そしたら、連絡とれたら、悪いけとまたこっち電話してくれる？　お願いするな」

受話器を置いた順愛《スネ》は、なんやいやな感じがする、といった具合に顔をしかめたが、持ち前のらいらくさで深くこだわらなかった。

「オモニ、ほんまに大丈夫なんか。こんなもん持って行って」。税関の尋問に窮地に陥っている順愛《スネ》を想い描きながら鐘一《チョンイル》が言った。

「大丈夫もなにも、みんなそないしてちょっとでも金浮かそうとしてるやないか」

「法律に引っかかるからな」

「チッチ、お前のお父《と》さんもよう法律持ち出して、なんとかかんとか言《ゆ》て、結局、金儲け出来へんかった。忘れもせえへんわ。終戦後《すせんこ》、右向いても左向いても闇商売やってたのに、お前のお父《と》さん言《ゆ》たら、闇商売して警察に捕まったら名前にキズつく言《ゆ》てなにもせんと、仕方ないから私が闇商売やってる間に、金作らんと女作ってたんやからな。ほんまに、お前のお父《と》さんは甲斐性無しのわりによう女作った」。あらためてとんでもない男と一緒になったもんや、と言わんばかりの語調だった。

良子《ヤンジャ》が意味ありげな目付きで鐘一《チョンイル》を見つめた。

「鐘一《チョンイル》さんも、時間とお金が有れば浮気出来るのにね」。良子《ヤンジャ》は自らの言葉におかしくなってクスッと笑った。

鴨居の上にかけてある李《イ》相奉《サンボン》の写真をチラッと見たあと、順愛《スネ》は嫁《メヌリ》の言葉を受け継いだ。

「この子のお父《と》さんは女には金使へんかったな。これだけは感心やった。女が金くれ言《ゆ》たら、この子のお父《と》さん、すぐ手切ったで。しやけど、考えたら、この子のお父《と》さんにはよう泣かされたわ。ついてるもん、ブラブラさせてるだけやったら、男はゼロやな。いや、ほんまに」。順愛《スネ》はキムチの漬けかたを伝授するかのように人生の教訓を嫁に伝えた。

鐘一《チョンイル》はこのままいくと、順愛《スネ》の回顧談がとめどなく湧出してくるだろうといくぶん不安になった。順愛《スネ》の回顧談には梅雨の陰湿さはなかった。どちらかというと前線が通過したあとのようにカラッと晴れているといったおもむきだった。しかし、鐘一《チョンイル》にしてみれば、これまですでに何十回と聞いていい加減食傷気味であるものを、またまた繰りひろげられるのは非常に辛いことであった。そこで、鐘《チョン》一《イル》は先手を打った。

「それはそうと、オモニ、国行ってもあんまり何でもかんでもズケズケ喋らんほうがええで」

「なんでや」。心外な忠告に順愛《スネ》の体の芯がカッと熱くなった。順愛《スネ》の脳裏にかつて見たいくつかのテレビの画像が浮上した。元は色白の美男子であった留学生のむごたらしく焼けただれた顔、法廷に引きずり出された元大統領候補、国軍に銃殺された息子よりずっと若い青年たち。不敵な微笑を浮かべた大統領。

「私は間違ってることは間違ってるって、はっきり言《ゆ》たる。汚《き》ったないことばっかししやがって」

ペッと順愛《スネ》は唾を吐きだしたいほどだった。

「そんな言うたら、金浦《キムポ》空港降りたとたんに情報部が迎えに来るで」

「ああ、来るなら来てもええ。どうせ、半分棺桶に足突っこんでる体や。言《ゆ》だけのことは言《ゆ》て死んだる」。順愛《スネ》は痩せた体をふるいたたせた。

「いくら情報部でもオモニを逮捕したりはしないでしょう。だって、オモニを逮捕してもなんの得にもならないんだから」。良子《ヤンジャ》がいくぶん楽しそうに口をはさんだ。


隣の柱時計が鈍くひしゃげた金属音で時を打ちはじめた。五《タソッ》・六《ヨソッ》・七《イルゴ》・八《ヨドル》・九《アホッ》・十《ヨル》、そして余韻。

「アイゴ、もう十時やげ。お前らもう帰ったほうがええんと違うか」。順愛《スネ》は最大限嫁《メヌリ》に気を遣った。内心はたまにしか顔を見せない末っ子《マンネイ》と少しでも居たい気持ちでいっぱいであった。しかし、年寄りの我《が》で若者を引きとめておくのは罪なような気がして順愛《スネ》の性に合わなかった。そうでなくとも、国の歌謡に〈唐がらしが辛《メップタ》いたって、嫁入りほど辛《メップタ》いわけじゃあるまいさ〉とあるように、とかく姑《シオモニ》とはきらわれるものではないか。

順愛《スネ》は並べてあった品物を片づけはじめた。良子《ヤンジャ》もあわてて手伝った。順愛《スネ》は、ええて、ええて、という仕草をしながらも嫁《メヌリ》の気遣いを無駄にはしなかった。フッと手を休めた瞬間、順愛《スネ》は、

「アイゴ、もうちょっとで忘れるとこやった」と言うなりガバッと立ちあがって台所に向かった。鐘《チョン》

一《イル》は、ああ、また何か持って帰れ言うねんな、と思った。案の定、順愛《スネ》はビニール袋で包んだ何かの塊を持って来た。

「今日の昼、品物買うついでに買《こ》てきた豚肉や。脂少《すくの》ておいしかった」。順愛《スネ》はビニール袋から蒸した豚肉の塊を取り出して蛍光燈にかざして見せた。どや、私の言《ゆ》通りやろ、と言わんばかりだ。鐘一《チョンイル》はうなずいてみせてから、

「オモニ、チャンは」と豚肉につけるタレを催促した。

「そやげ、チャンや」。順愛《スネ》は手にこびりついた脂を新聞紙でふきとったあと、瀬戸物の壺からチャンを少量すくい出してプラスチック製の容器に入れた。チャンがついた人差し指を口にふくんで抜きとるようにぬぐった順愛《スネ》は、豚肉と容器を新聞紙で包みながら、

「国行ったらお前のお父《と》さんの村行って、族譜《チョッポ》書くハルバンに何ぼか金渡して族譜《チョッポ》作ってくれ言《ゆ》て頼まなあかんな」と、感慨深げに言った。

鐘一《チョンイル》は族譜《チョッポ》を直接見たことはなかったが、どういったものかはよく知っていた。

「族譜《チョッポ》なんか何すんの」

「しっかりした血筋の人間や言《ゆ》こと誰にでも堂々と証明できるのと違うか」

「血筋てそんなに大事か」

「チッチ、お前もおかしなこと言《ゆ》な。良子《ヤンジャ》のお父《と》さんはお前が良子《ヤンジャ》と結婚したい言《ゆ》た時、戸籍持って来てちゃんとした血筋見せ言《ゆ》たんと違うかったか」

「その辺が僕にはようわからんとこや。戸籍無いんは僕の責任違うし、登録あんねんから、それで戸籍代りになると思うけどな」

「アイゴ、お前は阿呆《あほ》と違うか。戸籍は自分の国のもんやけど、登録《とろく》はよその国のもんやげ」

「外国人登録いうぐらいやから間違いなしによその国のもんや。そやけど、現実に登録持ってたら僕が誰かいうことぐらいはわかるで」

「誰か言《ゆ》ことわかっても血筋はわからん」

「僕がちゃんと生きてたらそれでええやんか」

「昔から籍のない人間は畜生以下や言《ゆ》からな」

「国が分かれてんねんから仕方ないやろ、オモニ。そのうち国ひとつなったら戸籍のひとつやふたつすぐ作れるて」

「エーエ、お前が生まれる前から、口ばっかり達者なおっさんら集まって明日にでも国ひとつになるみたいなこと言《ゆ》てたけど、何が国ひとつなるや。国ひとつなる言《ゆ》話が朝鮮戦争なって、ハッハ、これっきりこれっきり言《ゆ》歌あったけど、いまでも分かれたままそれっきりそれっきりやげ。お前のお父《と》さんも止めとけ言《ゆ》てんのに日帝時代に余計な事して戸籍元山《ウォンサン》に移してしもたからな」

「まあ、オモニ、五十何年ぶりに済州島《チェジュド》に帰るねんから、他の事は何も考えんとただ気軽に帰るいうことだけにしたらどうなん」

「何時《いつ》あの世行ってもええようにちゃんと済ましとかなあかんことはちゃんと済ますだけや。いまポックリいってみ、死にきれんと、あの世行ってもシリそわそわするで、ハッハ」

順愛《スネ》は鼻を軽く敏捷につまみ、突出した頬骨をなでた。


息子夫婦が帰ってしばらくすると、突然、乱暴に玄関の戸が開いて誰かが入ってきた。

「姐《ね》さん居てる」。順愛《スネ》とは対照的に大柄でぜい肉がだぶついた礼仙《イエソン》が顔をのぞかせた。礼仙《イエソン》は走ってきたのか苦しそうにあえいでいた。

「どないしたの、姐《ね》さん」。順愛《スネ》は、人生なにもそんなにあわてることないやげ、と言いたげな表情で礼仙《イエソン》を見た。礼仙《イエソン》はお膳の上に置いてあった湯のみを鷲摑みにするなり、飲み残しの冷えたお茶を一気にグイと飲みほした。

「フッ」と大きなため息をついた礼仙《イエソン》は、噴火した火山のような勢いでまくしたてた。

「姐《ね》さん、えらいこっちゃ。墓参団中止になったやげ。また、大統領撃たれた。そやから、戒厳令施かれて国の出入り出来へんなってしもた」

順愛《スネ》はバネ仕掛けで弾かれたように跳びあがって礼仙《イエソン》の腕を摑んだ。

「そんな、テレビで言《ゆ》てなかったで」。順愛《スネ》はまるでテレビの情報こそが絶対であり、したがって、礼仙《イエソン》がもたらした情報は真っ赤な嘘にきまっている、と言わんばかりであった。

「私もついさっき事務所《サムソ》から知らせ受けたばっかしや」。礼仙《イエソン》の湯のみを摑んでいる手がブルブルとふるえた。順愛《スネ》は〈事務所《サムソ》〉という言葉を聞いて、真っ赤な嘘と思いたかった情報が本当であるようだと信じるほかなかった。

「アイゴ、なにも私が行く前に撃たれんでもええやろに」。順愛《スネ》はやり場のない憤まんをぶつけるかのように、礼仙《イエソン》の腕を摑んでいた手に渾身の力をこめた。

「痛いがな、姐《ね》さん」。礼仙《イエソン》は腹にだぶついているぜい肉をふるわせて抗議し、

「そんな撃つほうも姐《ね》さんの都合に合わしてられへんのと違うか」と諭した。

「それもそやけど、今まで私の一生貧乏にすりつぶされてきたけど、運命恨んでもチャールサラ（いい暮らし）でけるわけ違うし、運命恨む暇あったらそのぶん仕事するほうがなんぼ得なるかわからん思て頑張ってきたやげ。ほんで、やっと国行ける思たらこの始末や。チッチ、姐《ね》さん、ほんまに私チェス（運）無いわ」

順愛《スネ》は眼を閉じて情けなさそうに首を左右にふった。

「姐《ね》さん、心配せんでも戒厳令解除になったらすぐ行けるようになる」

「何時《いつ》」。順愛《スネ》は眼を見開いて礼仙《イエソン》を凝視した。礼仙《イエソン》はうろたえ気味に、

「何時《いつ》てはっきり言《ゆ》われへんけど、ほんのすぐ近いうちやと思うで」と言った。

「姐《ね》さん、それ保証してくれる」。順愛《スネ》は真顔で礼仙《イエソン》に迫った。礼仙《イエソン》はアイゴ仕様ないな、と言いたげに苦笑して、

「明日《あした》事務所《サムソ》から連絡あるから、その時、姐《ね》さんの要るだけ保証してもろたらええやげ」と言った。

その夜、順愛《スネ》は夢を見た。済州島の眩《まぶ》しいばかりに蒼く澄んだ海の波が打ち寄せる平らな岩場に順愛《スネ》はいた。白いチマ・チョゴリが潮風に靡いていた。順愛《スネ》は平らな岩場に白い布を敷き、その上に真鍮の皿に盛ったもやし、わらび、ほうれん草、そして、真鍮の器に盛った御飯とわかめ肉汁を置いた。太陽の光線に銀色に輝く線香立てと燭台。潮風に吹かれてろうそくの炎は大きくゆらめいたが、不思議と消えなかった。線香の煙りが済州島の空にあわく溶けこんだ。順愛《スネ》は恭しくはるか海の沖合に向かって儒教の礼をくりかえした。三度目の礼をしたあと、突然、ろうそくの炎が消えた。順愛《スネ》は目が覚めた。

すべてが夜の静寂に包まれて寝入っていた。順愛《スネ》は暗闇に溶けこんで黒々と輪郭のみをとどめている品物に目を向けた。大きく溜め息をついた。チッチ、この八字《イノムパルチャ》（運命）め。それでも、まあ、そのうち行けるやろ。いままで待ってんから、もうちょっとぐらい待ってもどないもないわ。とにかく、明日は海行って祭祀《チェサ》や。半ば目覚め半ば寝入った頭の中で順愛《スネ》はつぶやいた。

李君の憂鬱

古代の渡来人が開拓した名残りが見える宝塚沿線に服部《はっとり》という駅がある。婦人服製造で一儲けした木下一家は成功者の気分で猪飼野の家を引き払いこの服部駅周辺に移ってきた。

木下一家の家長である永時《ヨンシ》は貧乏のどん底にあったとき、なんとか金儲《トンポリ》けをよくして済州島《チエジユド》に帰ることが夢だった。他郷だとはいえ事業が成功してそれなりに財産ができてみるとかつての夢がまぼろしに思えた。永時にとって済州島はもはや「帰る」ところではなく「行く」ところでしかない。

男というもの金と時間を持つとつい女に手が出るものと昔から相場が決まっている。

永時《ヨンシ》の場合済州島に分工場を設立するための現地調査というううまい口実が使えた。

永時《ヨンシ》が新時代風に洗練された故郷の若い女をつまみ食いしている間に昌海《まさうみ》が服部駅周辺で成長した。

済州島の火山岩のように性格がゴツゴツとした夫容潤《プーヨンユニ》は永時《ヨンシ》の股間の逸物の具合から永時《ヨンシ》に女がで

きたことを知ったものの、セクシーなこびをつくる情熱も関心を引く肉体もなかった。しかし、内向する不満は癒しがたいものがあった。

幼年の頃から肥満気味の昌海はなにかにつけて例えば御飯をよく食べると「アイゴ、このパップトン（大飯食い）」とか、あるいは言い付けられた用事で些細なへまをすると「チッチ、このモントングリ（あほ）が」といった具合に容潤《ヨンユニ》に詰られた。とりわけ自分の父と瓜二つであることが昌海にとって不運であった。何事がなくても「なんでお前はずれたハンコみたいお父《と》さんとそっくりや」と言って容潤《ヨンユニ》から責め立てられた。

生来の内気に加えて母親のヒステリーに悩まされた昌海は体軀が大きくなるにつれて肝っ玉が小さくなった。

小学生時代から常に学年一の大柄でありながら肝っ玉が小さくぼそぼそとしゃべる昌海は肌の色が白いことも手伝って「白豚のでく」とあだなされた。

そのあだなは中学三年生になっても金魚のフンのように付いてまわった。

昌海の成績が公立高校に行けるレベルに達していないことを遅蒔きながら知った永時《ヨンシ》は近辺に塾がないか調べた。天竺川霊場近くに志学教育ゼミがあることを突き止めた永時《ヨンシ》は容潤《ヨンユニ》に、

「昌海連れて申し込み行って来い」と命じた。

「金《かね》どぶに放るみたいなもんやげ」

容潤《ヨンユニ》の反論は永時《ヨンシ》の決定を覆す力にはならなかった。

仕方なく容潤《ヨンユニ》は厭がる昌海を引っ張って志学教育ゼミの受付に直行した。

昌海が厭がる理由は二つあった。一つ目は容潤《ヨンユニ》が何処であろうと猪飼野に居た時と同じ調子でしゃべることで、二つ目は「白豚のでく」とからかう学友がめざす塾に一杯いることだった。出来ることなら駅前の塾に行きたかった。その意思を告げたとたん永時《ヨンシ》に頭をひとつ叩かれて怒鳴られた。

「駅前やとゲームセンターに入りびたって勉強どころと違うやろ」

夫婦とは平生の仲がどうであれ妙なところで意見が一致するものらしく、

「そやげ、塾に金放る上にゲムに金放ってどないする」と容潤《ヨンユニ》が加勢する始末だった。


さながら朝鮮市場にでも買い物するかのような足取りで容潤《ヨンユニ》は志学教育ゼミの受付に乗り込んだ。拍子抜けしたことに受付の人間が誰一人いない。事務所、といっても狭いものだったが、その中は閑散として机の上には雑多な書類が散らばっていた。見ると奥まったところから煙りが立ち上ぼっていた。

「お前ちょっとここにいとけ」と昌海にいうなり容潤《ヨンユニ》はずかずかと奥に押し入った。教科書、問題集、バラプリント、切り貼りした版下といったものが重なってはみでた机の端にポツンと置かれた灰皿に吸いさしのタバコがあった。

「火事なったらどないするや」

容潤《ヨンユニ》は憤懣やるかたないという表情でタバコを指でもみ消そうとした。

「はいなんでしょうか」

振り返ると、怪訝《けげん》な面持ちで女子事務員が突っ立っていた。

「なんでしょかはないやろ、娘《ね》ちゃん。これ見てみ」

女子事務員は容潤《ヨンユニ》がつまみ上げたタバコの先からゆらめき立つ煙りを見るなり、

「また吉本先生やわ」と言った。

「ほんまに仕様ないな」

「すいません」と女子事務員はぺこりと頭を下げた。

「なにも娘《ね》ちゃん悪いことない。悪いのは」と次に続く言葉を言いかけたとき、

「はい、僕です」と吉本先生が現われた。


吉本先生は容潤《ヨンユニ》を一瞥しただけで彼女が済州島の人間だとわかった。というのも猪飼野に生まれ育った吉本先生には「見る目」というものがあった。

元来、吉本先生は本名の李で塾教師になりたいと思った。しかし、古代の渡来人が開拓した名残りがあるとはいえ異郷の街であることに間違いがなかった。

「李先生でもええけど何かにつけて窮屈やど。それよりか吉本先生で気楽にいけ、気楽に。日本人は同じ仮面を被ってるぶんには寛大やねんから」

一足先に志学教育ゼミに就職した大学の先輩の柳井先生に半ば口説かれて李君は「吉本先生」になることを決めた。

現役時代に李君が尊敬していた柳井先生は、「世界史における分断国家の逆説」という極めてユニークな論文をK大発行の雑誌に発表したことがある。李君は論旨の明解さに感動すら覚えた。法学部に在籍していた柳井先生は論文から察するに政治学を研究するものと李君は勝手に臆測したが、見事に外れた。

柳井先生の大志は弁護士になることにあった。

「法的に制約されてるわしらが法的な資格手に入れて日本社会に打って出ることで活路を見出だすわけや。これもひとつの逆説やな」

猪飼野育ちの李君は感性として実利派であることは自らも認めるところだった。しかし、理性の領域で自分の志向性を把握できたのは柳井先生のお蔭といえた。李君は不動産鑑定士になろうと決意した。

だから、李君は当座の生活の手段として塾教師になったわけだ。しかし、塾稼業はどうも李君には窮屈のようだ。猪飼野の勝手気儘さを抑制するのはいいとして、せっかく大学で覚えたハングルを使えないプレッシャーが李君にはつらかった。もっとも、本当につらいことはこれから先に起こるハプニングだが。

「ほんまに、昨日はびっくりしたわ、吉本先生」。女子事務員の北ちゃんが上目遣いに李君を見ながら声を掛けた。

「そら、北ちゃんにしたらカルチャーショックやったやろな」

「ほんま」

「北ちゃん、いっぺん僕と付き合ってくれたらもっとすごいカルチャーショック経験させたるで」

「吉本先生は女難の相が出てるから近寄るべからずって、柳井先生が」

「かなんな」

李君は軽い溜め息をつくと、トサカヘアーとあだなされている頭を片肘に乗せて物思いに耽る。ジェームス・ディーンをにんにく《マヌル》と唐辛子《コッチュ》で味付けし猪飼野風にリメイクしたのが李君の容貌と思えばちょうどいい。だから、パンチパーマのいかつい兄さんと擦れ違うと目付き《ヌンチ》の切り合いとなる。もちろん、結果的には李君が譲歩した恰好で事なきを得る。いくら腕に自信があってもその筋のプロを敵には回せない。

電話が鳴った。爽やかに応対する北ちゃんは意味ありげな眼差しで李君を呼んだ。

「吉本先生、お電話ですよ」

李君は跳ね起きて受話器を取った。

「ああ、わかった。ほんだら行く」

受話器を置くと早速北ちゃんが冷やかした。

「やっぱり、女難の相ね、吉本先生」

「そんなんと違うんや」と否定の素振りを見せたものの、李君は心の中で「まったく北ちゃんの言う通りや」とうなずくほかなかった。


李君の女難の相の原因となっているのは同じ猪飼野に住む林弘美《イムホンミ》というS百貨店の売り子である。彼女は北側と南側の民族学校を渡り歩いた結果S百貨店に就職した。驚くことに彼女はグラビアのモデルとしても十分通用するぐらいの美貌で肌のきめもこまやかな上に色が白いときていた。腰のくびれが特に官能的でさすがのお釈迦様でも目を引きつけられるほどだ。

残念なことに李君は林弘美《イムホンミ》のその官能的な腰に手を回したことはただの一度もない。では李君はいったい林弘美《イムホンミ》の何かというと、いわばキープした高級ボトルといったところか。

林弘美《イムホンミ》が電話を掛けてくるのは決まって見合いをした直後だ。見合い相手は大体がパチンコ店、喫茶店、キャバレー、焼肉店、ラブホテルなどといったサービス業関係の事業者の息子だけに金は有りそうだが知性と容貌となるととても李君には及ばない。

「やっぱ康浩《カンホ》がいっちゃんええ男やわ」

林弘美《イムホンミ》の殺し文句に李君はたじろぐことなく、「当り前やないか」と見得を切るからこわい。それほど李君の男前振りは本人が自覚するところだ。

にもかかわらず、李君は林弘美《イムホンミ》とキスすら出来ずにいる。運の悪いことに彼女は柳井先生の姪《チョッカ》にあたっていたのだ。つまり、「世界史における分断国家の逆説」という仁王がにらみをきかしていた。

あるとき柳井先生は姪に関して李君に、

「結婚する気ぁあったらキスでも何でもしたらええ」と語ったことがある。その時李君は呆れた顔で訊き返したものだ。

「キスひとつするのに法的根拠が要るわけですか、ソンベ（先輩）」

「国家がある以上万事法的根拠に帰着する」というのが柳井先生の結論だった。

林弘美《イムホンミ》の悩ましい肢体を想い浮かべては重い溜め息をつく李君は授業の準備にかかる。

「昨日の木下昌海君はAクラスに決まりましたよってよろしくお願いします、吉本先生」

「はいよ」と軽快に返事する李君は「あいつやったらAクラスで当然やわな」と思った。なにせ、木下昌海の通知票評価は五段階のォール二だったのだから。

李君は木下昌海が入塾手続きを取った昨日の顚末を想い返してにんまりと笑った。

最初、北ちゃんは事務的ではあるが鄭重に志学教育ゼミの入塾基準はオール三であることを告げて暗に入塾辞退をほのめかした。

すると、容潤《ヨンユニ》は朝鮮市場か鶴橋の国際市場でがなりたてる調子でまくしたてた。

「娘《ね》ちゃん、成績悪いもんの面倒見るとこが塾言《ゆ》とこと違うのか。そやから私この子連れて来たやげ。本当言《ゆ》たらこの子塾言《ゆ》とこ入っても金どぶに放るのと同《おんな》しことや思たから反対した。そやけど、このままやったら行く高校ないて学校の先生言《ゆ》から、この子のお父《と》さんあっちこっち捜してここが一番ええ言《ゆ》て私にこの子連れて申し込み行け言《ゆ》たやげ。それが手ぶらで帰ってみ、どないなると思う、娘《ね》ちゃん。私もこの子も半殺しの目会う。そないなったら、娘《ね》ちゃん責任取ってくれるか」

「責任取れ言われましても困ります」

「困る思たらごちゃごちゃ言《ゆ》わんとこの子塾入れてくれたらええやげ」

「でも基礎力がないと授業についていくのがしんどいかと思われますが」

「学校の授業受けてるから何も心配することない」

「はあ、そう言われましても……」

立ち往生する北ちゃんを助けようと李君は口をはさんだ。李君は相手の事情などいっさいお構いなしにごり押しする容潤《ヨンユニ》に猪飼野的な親しみを覚えてすんでのところで「オモニ」と言うところであった。そこはうまく押さえて、

「お母さん、取り敢えず、入塾テストを受けてもらいましたらいいかと思いますが」と話をもってい

った。だが、これがまたアダとなった。

「なんか、取り敢えず言《ゆ》ことはこの子の頭試す言《ゆ》ことか。試さんでもこの子の頭どの程度か言《ゆ》の私が一番よう知ってるやげ。とにかく、チャンソリ（御託）はもうええ」

李君は思わず「チャンソリ（御託）アニムニダ（違います）」と抗議しようとした。

しかし、理性の力でその言葉を五臓六腑に押しこめた。

結局、入塾を前提条件にテストは形式的なものとして受けてもらうのがやっとだった。

「こら、先がおもしろなりそうや」と李君はまたぞろにんまりした。結果的には現実の意外な展開に顔を引きつらせる羽目になることなど李君は想像もつかないでいる。

天竺川霊場にからすのように降り立つ黄昏《たそがれ》の暗闇が西空のあかね色と混在して非現実的な感覚をつむぎ出す。李君は詩人になった気分で窓辺に寄りかかった。

蛍光燈の光線が照り返る教室の窓ガラスに論説文の問題に取り組んでいる塾生の顔と一緒にトサカヘアーの顔が映っている。李君はジャン・ポール・ベルモンドを気取って顔を渋くしかめてみる。

「まあ、悪くないな」と自己陶酔する。

黄昏の暗闇にぼうと輪郭がぼやけたジェット旅客機が機首を下げてあかね色の西空にゆっくりと突っ込んで行く。明滅するパイロットランプのクリスタルなきらめきが卑俗なジェット旅客機本体を宇宙的なオブジェに変えている。昼間に見るジェット旅客機が一個の怪物だけに、それは光の魔術だった。

「先生飛行機に見とれてるみたいやけど、飛行機に乗ったことないの」

窓ぎわの加藤由美が悪戯っぽく訊く。中二生とは思えない成熟した顔立ちの彼女は李君の目をじっと見詰めている。熱いものが李君のからだの芯を駆け抜けた。内心大いに動揺した李君はここで目をそらせたら負けとばかり相手を見詰め返して、

「高校時代に乗ったことある」と言った。

「国内線、国際線のどっち」

「国際線や」と言ってから李君は加藤由美のわなにはまったことを知った。

「じゃ、どこの外国に行ったの」

「どこの外国て、そら、ハワイとかやな、ロンドン、パリや」

「トサカヘアーが嘘ついとる」

壁ぎわの溝口仁の声を合図に一斉蜂起が起こった。こうなると収拾がつかない。適度にエネルギーが発散するのを待つしかない。加藤由美は勝ち誇った笑みを浮かべて李君を見詰めている。李君は「ああ、やっぱりおれは女難の相がついとんねんな。くそったれが」と内心ぼやいた後、無政府状態

の取り締まりにかかった。

手始めに煽動者の溝口仁を血祭りにあげる必要があった。李君はまるめた問題集で彼の頭を叩いた。

「おれだけ違うやろ」。煽動者は決まってこのように抗議する。処罰されるのが自分ひとりということに「損した」と思う。李君は煽動者をにらみつけて、

「まっさきに言うたお前が悪い」と突き放す。しかし、さすが煽動者だけのことはある。やられっぱなしということはない。

「トサカヘアーが女としゃべるからやろ」と反撃に出る。

「何言うてんねん、あれは質問に答えただけのこっちゃ」

「ほんだら、嘘つかんとちゃんと答えなあかんやんけ」

「誰が嘘ついた」

「行ったこともないのにパリとかロンドンて言うてたやんけ」

「あれはギャグや」

「ごまかしとる」

「うるさいわい」

李君の渾身の力をこめた恫喝に活力に溢れた羊たちは沈黙する。

「答え合わせするからな、よう聞いとけ」

憤慨した口吻で論説文の解答解説をする李君の頭の芯は醒めていた。

確かに煽動者が指摘したように李君はハワイはおろかいかなる外国にも行ったことがない。しかし、国際線に乗って済州島に行ったことはある。だからといって加藤由美に「韓国の済州島に行ったことはある」と告げたとすればどうなっていたか。結果は火を見るよりも明らかである。「トサカヘアーのチョーセン」と陰口をたたかれるだろう。であれば、なにも回りくどく吉本先生という仮面を被る必要などまったくなかったことになる。はじめから李先生でいっているほうがなんぼ精神的にいいかしれない。吉本先生であるかぎり「トサカヘアーのチョーセン」はあり得てはならない話である。だからこそ、ここ一番では道化役者か独裁者の役割を演じなければならない。

李君が憂鬱な溜め息をついた拍子に、

「先生、時間やで」と生徒が一斉に声を張り上げた。

黒板の上の壁にピン止めされた歴史年表にはさまれた恰好で取りつけられたクォーツ時計の針は七時四十分を指していた。生徒はさっさと教材をかばんにしまいこみ、飛び出す態勢に入る。その速さたるや見事なものだ。ここで引き下がっては教師の権威は失墜する。

李君はトサカヘアーを一振りして全員をにらみつけ、一席ぶった。

「ええかお前ら、教室はたとえてみれば一つの国や。その国の時間を決めるのは国の神様や。神様が終わりと告げへんかぎり授業は終われへん。わかったか」

「にわとりが神様やて、ハッハハ」と溝口仁が腹を抱えて笑う。残りもつられて笑う。もちろん、李君自身も半ば笑っている。

「先生、今度私デートしてあげるから終わってちょうだい」

加藤由美のおませな追い撃ちに一同さらに大爆笑となる。

「由美やめとったほうがええど、くちばしでつつかれたら痛いど」。溝口仁の憎まれ口が火に油をそそぐ。机をガタガタゆすって笑う者が出る始末だ。こうなってはやるかやられるかだ。李君は逆襲に出る。

「そうか、溝口、お前妬いてんねんな」

たじろぐと思われた煽動者は平然として、

「ああ、にわとり焼いてんねん」と巻き返す。

人生経験では勝っている李君の完敗だ。

「なんとまあ、情けない」と李君は自身の未熟さ加減を慨嘆した。


入れ替え時の混雑はラッシュアワーのプラットホーム以上だ。

教室を飛び出ようとダッシュする肉体と一足先に教室内に駆け込んで気に入りの席を確保しようと

する肉体とがぶつかるかと思えば、人の流れに竿を立てるかのように立ち止まってアイドルの情報交換する少女たちに体当たりするマスターベーション見習い中の少年たちのギラギラした叫びといったものが狭い廊下にこだまする。さらには、我慢に我慢を重ねて脱兎のごとくトイレに入り込んだ友達に便器の上でディスコダンスをさせるかのようにスイッチを切ったり入れたりする三流の悪さがいる。もっとも、世事にいっさい頓着することなく壁にもたれてひたすら英語の単語を覚える古典的ながり勉屋もいたりして、人間模様は混沌としている。

黒板の字を消す李君を眺めながら悠然と落ち着き払って身支度した加藤由美は、

「先生って素敵」とつぶやいた。

すでに気に入りの席を確保して座っている三Aクラスの大御所である牧純子とその一派が加藤由美の甘いつぶやきを聞きのがすはずがなかった。李君はやばいと思った。案の定牧純子とその一派はにやにやしている。

「ほんまにもう、余計なこと言うてから」

李君は頭の中でぼやき、そして加藤由美を半ばにらみつけて、

「早よ帰れよ」と言った。

「帰ってもおもしろくないもん」と加藤由美は流し目で李君を見る。

チョークの粉にまみれた李君は君子危うきに近寄らずの格言通り問題集と教務手帳を持つとさっと

トサカヘアーを翻して教室の外に出ようとした。すると、さながら祭のような歓声が戸口から聞こえてきた。

「ワッショイワッショイ白豚ワッショイ、ワッショイワッショイでくワッショイ」とはやしたてられて木下昌海が現われた。

新入塾生としてのとまどいに加えて大柄な体軀に似つかわしくないもじもじとしたはにかみと気後れが一層の嘲笑を買う。

李君ははらから（同胞）が物笑いになっていることに憤慨して、

「何しとんねん、騒がんと早よ教室に入れ」と一喝した。木下昌海を嘲弄している連中の祭気分は吹っとんだかに見えたが、加藤由美の出現で再燃した。

「白豚のでくが片想いしてる加藤の由美ちゃんのおでましや」

牧純子が大御所ならこちらは棟梁格の杉下英樹が口上を述べた。彼の取り巻きは「由美ちゃん」を連呼する。悪乗りの名人である横井太一はゲイっぽくしなをつくって「由美ちゃん」と言う。その達者な調子に李君自身思わず苦笑する。

当事者の木下昌海は顔を真っ赤にし、さながら茹で蛸といった具合だ。当事者の片割れである加藤由美はどうかというと涼しい顔でそっぽを向いている。世間には噂倒れする恋はいくらでもある。経緯などわからなくても直感でその種のものかどうかぐらいピンとくる。李君は切ない思いで木下昌海を見詰めた。

木下昌海は杉下英樹の取り巻きに背中を押されてじりじりと加藤由美に接近しつつある。今にも泣き出さんばかりの形相で必死に踏ん張って堪えている姿はいじらしくもあり痛ましくもあった。

李君は木下昌海の腕をつかんでグイッと引っ張り、

「適当に座れ」と声をかけた。

「僕座る前に由美ちゃんとお話がしたい」

例の調子で横井太一が演技する。

「お前は天竺川の墓石としゃべっとったらちょうどええ」と李君は言って横井太一の頭を軽く突いた。

すると、横井太一は突然駄々っ子になって、

「トサカがいじめた」と泣く真似をする。

「いーじめ、いーじめ」

杉下英樹の掛け声に取り巻きが唱和する。

「チェッ、あほらしなってくるわ」

李君は加藤由美を促して教室の外に出ることにした。二人は連れ立って退室するようにみえた。そこで、さっそく横井太一の茶々が入る。

「トサカ先生に由美ちゃん、過ちだけはしないでね、白豚のでくがかわいそうだから」

どっと笑いが起こる。

李君はつくづくと思う。塾教師は生徒にもてあそばれてなんぼやと。

「李君、ええか、教師いうもんは生徒を乗せても生徒に乗せられたらあかん。何より自分の土俵に生徒を引っ張りこむことや」

柳井先生がいつか語った教師の心得が頭に浮かんでは消えた。


木下昌海は大御所の牧純子とその一派の斜め前、棟梁格の杉下英樹とその取り巻きのちょうど真ん前の席に座っていた。規格品の机と椅子からはみでたからだを萎縮させてもじもじとしている。胸に一物を持った周囲の連中は顔をにやつかせている。

点呼を取り終えた李君は窓ぎわの一番前の空いている席を指差して、

「木下、そこに座ったらどうや」と言った。

木下昌海は顔を赤らめてうつむいた。

「トサカ、豚には自由に座る権利もないのんか」

杉下英樹の挑発に思わず李君は乗せられかけた。しかし、グッと自分を抑制した。「それにしても、なんで木下は怒らへんのや」と歯がゆく思った。かといって変に木下昌海を庇うわけにもいかず、じれったい気持ちを押えながら李君は、

「歴パ五三ページ開いて」と指示した。(「歴パ」とは「歴史パーフェクト」という問題集を略したものである)

「なんや、もう授業するの、先生。何かおもしろい話してよ」

大御所の割には素頓狂な声を出す牧純子の息抜き引き伸ばし作戦を李君は無視して宿題の答え合わせに入ろうとした。しかし、そうは問屋が卸してはくれない。邪道が駄目なら正攻法でもといった具合に、

「先生、質問」とくる。

教師たるもの、生徒の質問には耳を傾ける義務がある。たとえ、どうせ愚問だろうとわかってはいても、

「なんや、言うてみ」と手続きを踏まなければならない。牧純子は木下昌海をチラッと見て、

「チョー・ヨンピルてどこの国の歌手」と訊いてきた。

虚をつかれてたじろいだ李君はトサカヘアーを軽く振る仕草をして内心の動揺を胡麻化《ごまか》したものの、飽和状態にまで顔を真っ赤にしてすっかりうなだれている木下昌海を発見して愕然とした。

「チョー・ヨンピルは木下とこの国の歌手やな」。杉下英樹が合の手を入れる。すると、彼の取り巻きと牧純子の一派が口を揃えて、

「か・ん・こ・く」と告げた。

目に涙を浮かべた木下昌海は机の両端を鷲摑んで萎縮した大きなからだをわなわなと震わせている。いたたまれなくなった李君はやにわに真新しいチョークを一本取り出すと黒板に「民権かぞえ歌」を書きなぐった。

一ツトセー
人の上には人ぞなき
権利にかわりがないからは
コノ　人じゃもの

二ツトセー
民権自由の世の中に
まだ目のさめない人がある
コノ　あわれさよ

あっけにとられた生徒は一瞬波を打ったように静かになったが、ほんの二、三秒後には口々に「何や、あれ」と騒ぎだした。中でも牧純子は「先生、歌ってみてよ」となんら感ずるところがなくはしゃぎ出す始末で、つくづく李君は情けない気持ちになった。

「歌うのは後で歌《うと》たるから、牧、お前一番の人という字を民族に置き換えて言うてみ、どないなる」

牧純子が指示されたままに「一ツトセー　民族の上には民族ぞなき」と言ったところで、李君はストップをかけた。

「牧、先生の言わんとしてることがわかるな。民族に上下なんかない」

「おれんとこおやじ大和民族が一番優秀て言うとった」

杉下英樹の言葉に日帝の亡霊を見たような気分に襲われた李君はひとり頭の中で、

「ニツトセー　国際人権の世の中に　まだ目のさめない人がある　コノ　ぁわれさよ」ともじって慨嘆した。


授業が終了して少し経つと近くの小学校の校舎からみおつくしの鐘が鳴り響いてきた。がらんとした教室には憤懣と無念と哀切が渾然一体化した感情の余韻が浮遊している。紙くずと消しゴムのかすが散乱した空席の机が蛍光燈の光線を照り返す窓ガラスにわびしげに映っている。

李君は出しっぱなしの椅子を机の下に押しこめて窓辺に立った。窓外に広がる夜の暗闇に沈んだ異郷の街は黒々とした天竺川霊場を除いたところどころに拒絶とも包容ともつかないあいまいな表情をともしている。国際空港の方向からいくぶん西北西にずれた空の彼方をぼんやりと眺めて、李君はかすかにきらめく星の下あたりに位置すると勝手に決め込んだ済州島の記憶を反芻し、こまぎれに分解した記憶をジグソーパズルのように一つのまとまりに置き換えながら「故郷」というものを想念した。

血の因子が作用して意識する「故郷」が済州島なら、自然に感得される「故郷」はほかでもない猪飼野である。その猪飼野は拒絶とも包容ともつかないあいまいな表情をともす異郷の街と地続きになっている。考えてみれば猪飼野を縦貫する運河の水は異郷の街から流れこんで来る。

猪飼野に育ったとはいえ、テレビ・ラジオ・映画・漫画の類いはまるごと異郷の情報であり、朝鮮市場に象徴される済州島的な風物が綾なす心象風景に「うさぎ追いし　かの山、こぶな釣りし　かの川」の唱歌が混在する。

塾生が残した足跡をなぞるようにして階下に降り立った李君はビルの玄関口で昌海の母親である容《ヨン》潤《ユニ》と顔を合わせた。猪飼野に戻ったような親近感がこみあげてきて荒んだ精神がなごむ。ところが、容潤《ヨンユニ》は李君の微妙な心の動きなどにはお構いなしに、

「そやから私、塾なんか止めとけ言《ゆ》たや」と切り込んできた。

李君はパンチを不意にくらったような驚きで一歩後退り、

「なんのことですか、お母さん」と訊いた。そう訊きながら李君はさながらキムチを擬人化した具合の容潤《ヨンユニ》はおよそ「お母さん」という語感とは縁遠いと思っておかしくなった。

容潤《ヨンユニ》は表情がゆるんだ李君をにらみつけて、

「ウリチベ（私とこの）昌海まだ家帰ってないやげ」と告げた。

反射的に李君は腕時計を見た。門燈のうす明りにぼんやりと浮き出た時計の針は十一時三十分を指

していた。みおつくしの鐘が鳴る前に授業は終わっているから、およそ二時間は経過していることになる。

「どっか心あたりでもありますか」

「心あたりあったらとうにそっち行ってるやろ、兄《に》ちゃん」

「なるほど」とうなずいた李君は自分がとんでもない間抜けのように思えた。「それでは」と半ば名誉挽回する気持ちから、

「僕が車であっちこっち捜してみます」と言った。

「そんなこと当たり前やげ」と言わんばかりに容潤《ヨンユニ》の目付き《ヌンチ》は玄武岩のようにかたい。李君は内心「愛想もへったくれもないな」と苦笑しながらメインストリートを過ぎる車を容潤《ヨンユニ》の頭越しに眺めた。

「何してる、早よ行こ。兄《に》ちゃんの車どこ」

先に立って歩き出した容潤《ヨンユニ》の後を李君はあわてて追いかける恰好になり、「ほんま、やってられへんな」と心地よく嘆く。

見栄を張って購入した新車のセダンに乗り込んだ李君はチラッと助手席に座る容潤《ヨンユニ》を一瞥してエネルギッシュに発進した。がくんと後ろにのけぞった容潤《ヨンユニ》は、

「アイゴ、兄《に》ちゃん、もっとうまいこと運転しや」と文句をたれた。

「ミアナムニダ（すいません）、オモニ」

李君は無意識のうちに韓国語で謝っていた。

「あれ、兄《に》ちゃん、うちらの国の人間か」

容潤《ヨンユニ》の口調がにわかに柔和になった。

「ええ」

「コヒャン（故郷）どこ」

「チェジュド（済州島）です」

「アイゴ、そか、兄《に》ちゃん、済州島か」

容潤《ヨンユニ》は「こら、ええ調子やげ」と手を打って喜んだ。もっとも、李君が昌海の〝失踪〟の原因にあたると思われる顚末を手短に説明すると、容潤《ヨンユニ》は深い溜め息をついて、

「アイゴ、ウリチベ昌海情けないな」と慨嘆した。


農耕時代の遺物とも思える建物とモダンなマンションが居並ぶ中に、アメリカ式の二十四時間営業のスーパーマーケットが深夜の暗闇に浮き出た異郷の街を徘徊する李君のセダンは異様な静寂に埋もれた天竺川霊場沿いの狭い道に進入した。李君はハンドルを固く握りしめて前方に目をこらす。

天竺川の欄干に固定された細いポールの先端にともる二十ワット程度の裸電球の明りに上着を脱いだ感じの墓石はセダンのヘッドライトをあびてたちまち裸体になる。李君は冥界に迷いこんだような無気味さに身震いしたが、傍らの容潤《ヨンユニ》は一向に動ずる気配がない。

「たいしたもんや」と感心する李君は気を紛らわそうとセブンスターを取り出し口にくわえた。

百円ライターの安っぽいざらっとした摩擦音とともに立ち上がった炎は一瞬ゆらめいたかと思うと消えてしまった。再度、親指に力をこめて百円ライターの石をこすろうとした李君は、

「たばこ吸《す》てる場合か、兄《に》ちゃん。あれ見てみ」と言う容潤《ヨンユニ》の声にあわててブレーキを踏んだ。

深夜の暗闇をもぎとるヘッドライトの光線がとぎれるあたりに、うなだれて立ちつくした人影は十何光年か彼方の星雲のようにぼうとかすんでいた。李君が「あっ」と声を上げるよりも早く、容潤《ヨンユニ》は、

「ウリチベ昌海やげ」と告げた。

砂利に足を取られて前につんのめりそうになった容潤《ヨンユニ》のからだを李君は支えた。

「コマッスダヤ（ありがとうな）」

礼を言うと態勢を整えつかつかと突き進む容潤《ヨンユニ》の全身をセダンのヘッドライトの明りがとらえる。光の輪の淵に立つ息子に向かう容潤《ヨンユニ》の歩きかたは猪飼野に遍在するオモニたちのチャキチャキとした歩き方そのものだ、と李君は同定した。すると、傍らを流れる天竺川がまるで猪飼野を縦貫する運河に思えてくるから不思議だ。もっとも、李君が感慨に耽っている時間はほんの数秒だった。

容潤《ヨンユニ》の小柄なからだが昌海のあごの下にもぐりこんだように見えた瞬間、エンジンのアイドリングを圧倒する鈍い音がした。

「こんなとこで何してる。墓石でもなったつもりか。お前のお父《と》さん女作るの名人やけどお前は逃げるの名人か」

頬を押さえた昌海を見上げる容潤《ヨンユニ》の肩からは怒気が発散している。李君はトサカヘアーをゆらして当惑気味に母と息子の間に割り込んだ。

「兄《に》ちゃん、あっち行っときや」

昌海をにらみつけたまま容潤《ヨンユニ》は語気を荒げて言う。

「そう言われましても乗りかかった舟ですよって」と李君は控え目に抗う。


生暖かい風が天竺川霊場から吹きつけてきたと同時に、昌海の嗚咽がもれた。

「それでも男か」

容潤《ヨンユニ》の一喝に昌海はしゃっくりを上げてむせび泣いた。

「アイゴ、私の腹からなんで女のくさったみたいなんが出てきたや。ハングックサラム（韓国人）がハングックサラム言《ゆ》われてなに恥ずかしがることある」

玄武岩質の子宮からは洪吉童《ホンキルドン》のような大丈夫《テジャンブ》（ますらお）が生まれて当然と考える容潤《ヨンユニ》には我が息子が墓場に逃げこんででくのぼうのように立ちつくすという事態は世界の七不思議の一つに相当した。

「おれ塾行きたない」と昌海はしゃっくりを上げながら訴えた。

李君は昌海が言葉のかたまりを口にしたのはこれが最初であることに気がつき新鮮な驚きを覚えた。

「行きたなかったら塾やめてしまえ。その代わりお前のお父《と》さんがどない言《ゆ》か私知らんど」

「お父《と》ちゃんがどない言うてもかまへん」

「ほんだら、お前の口から言《ゆ》え」

「うん」

昌海の嗚咽はぴたりと止まり、安堵の溜め息がもれる。

「木下、塾止めても根本的な解決にはなれへんと思うがな」と李君は牽制する。

「先生にはおれの気持ちなんかわからへん」

「なに言《ゆ》てる、この兄《に》ちゃんうちらと同《おな》し国の人間やげ」

意外な事実に昌海は心底驚き、まじまじと李君を見詰めた。

「木下は前猪飼野に住んでたんやろ。わしの家も猪飼野や」

昌海は手品の種を明かされているような表情になり、今度は容潤《ヨンユニ》の顔を窺った。

「お前もこの兄《に》ちゃんみたい一生懸命勉強して大学行きたい思えへんか」

容潤《ヨンユニ》の口調は凪いだ海のように穏やかになっていた。しかし、昌海があっけらかんとして、

「おれ、あほやもん」と自分を矮小化したとたん、容潤《ヨンユニ》の語気は荒んだ波濤になった。

「アイゴ、お前のお父《と》さん犬並としたら、お前は犬よりも下や」

「オモニ、なにもそこまで言うことないのと違いますか」

昌海を庇いながらも、李君は半ば腹立たしい気分に感染されてもいた。昌海が実の弟であったなら、

李君はとうに彼をぶんなぐっていたことだろう。李君は拳骨を自らの胸の内に叩きつけ、「負け犬になってどないする」と心の中で怒鳴りつけていた。

エンジンのアイドリングが低下したのか、ヘッドライトの明りが減光した。李君はセダンのエンジンを切ろうか迷った。切れば光は一瞬のうちに失われ、暗闇に取り残されることになる。「まあ、ええわ放っとけ」と李君は自分に言い聞かせて減光する光の外にひとりはみ出た昌海を見た。

「お母《か》ちゃんはいつもおれを怒鳴りつけてたらええわ。どっちみち、おれ韓国も日本もないとこ行くねんから」

「何処やそこ」

容潤《ヨンユニ》の詰問は無から有を引き出そうとするようなものだ。発作的に、といっても漠然としたものは潜在的にあったが、昌海が口にした「韓国も日本もないとこ」という抽象的な空間は具象の世界に生きてきた容潤《ヨンユニ》には海の彼方か何処かに実在するもののように思えたのだろう。

異郷の暗闇にすっぽり覆われて墓石のひとつになったかのように動かない昌海の荒い息使いが聞こえる。緊迫をはらんだ静寂がさながら赤色巨星のように膨んで李君を飲み込み、なお膨脹する。李君の脳裏に宇宙創成のやり直しのイメージが電気火花のようにスパークする。

近くの国道を疾走する暴走バイクの地底を揺るがすエンジン音が耳をつんざき、彼方に遠ざかる。暴走バイクの喧騒に断ち切られてしぼんだ静寂のひだにまたぞろ昌海のすすり泣きがひっかかる。

「チッチ、泣くんやったら家帰って泣け」

「家帰らへん」

「ほんだら何処行く」

「韓国も日本もないとこや」

「何処やそこ」

堂々巡りに終止符を打とうと李君は半ば挑みかかるようにして昌海に近づいた。大きな黒いかたまりがぐらっと揺らいだかと思うとそれは李君の手をすりぬけて天竺川の欄干に突進し、そのままますっさかさまに落ちようとした。

「なにすんねん」と叫ぶなり李君は昌海の肥満したからだをひっつかんでいた。

もちろん、容潤《ヨンユニ》も李君に加勢して昌海のベルトをしっかり鷲摑んだ。

「落ち着け、木下」

「韓国も日本もないとこ言《ゆ》の、川の底のことか」

李君の声を上回る声量で怒鳴る容潤《ヨンユニ》には迫力があった。「さすが済州島の女や」と李君は妙な具合に感心する。

「そうや、川の底や。おれが川の底落ちて死んだらお母《か》ちゃんせいせいするやろ」

「お前川の底落ちても死ねへん。ここの川水少ないから頭たんこぶできるだけや。ほんまに死ぬ気あったら神崎川か淀川か安治川にしとけ」

「そんな川まで今行く気ないわ」

「それやったら家帰れ」

「家帰ってもお父《と》ちゃんにおれが天竺川飛び込もうとしたこと言《ゆ》えへんか」

「言《ゆ》てなんか得することあるか」

「別に」

「お母《か》ちゃんスパイ違うから心配せんでもええ」

「わかった」

なんともちぐはぐな収束の仕方だと呆れながらも、李君は終わりよければすべてよし、と割り切って昌海の肩に手を置き一言声をかけた。

「木下、しっかり生きていこや」

「うん」

つきものが取れたように昌海は素直にうなずく。李君はからだの芯に熱いものを感じた。セダンのアイドリングが回転数を持ち直し力強くうなる。明るさを増した光を照射するヘッドライトをからだいっぱい浴びた昌海の顔にかすかな笑みが浮かんだ。

別れぎわ、容潤《ヨンユニ》は李君の手を包むように摑み、

「兄《に》ちゃん、ウリチベ昌海明日も塾行かせるから、よろしく頼みするわな」と言った。

「おれ行か……」と昌海は言いかけたが、容潤《ヨンユニ》ににらまれて後の言葉を飲み込んだ。

「まかせとって下さい」

トサカヘアーを一振りして胸を叩いた李君は角座か梅田花月の舞台にぴったりの漫才コンビのような取り合わせの母と息子を見送る。母と息子は異郷の街に地層のように詰まった夜の暗闇にまぎれてやがて見えなくなった。


猪飼野めざしてセダンをぶっとばす李君の気分はすこぶる良好だったが、過去を振り返り先を想うと憂鬱な溜め息が自然ともれた。つい先ほど「しっかり生きていこや」と恰好良く昌海を励ました当人が憂鬱な溜め息をもらすとは。

「とんだお笑いやな」

李君は苦笑してＦＭラジオのスイッチを入れた。

蛇と蛙

なんだってまた、酒に飲まれるとわかっていてそんなに酒を飲むのか、と言われても、金山ハルマン（ばあさん）の娘婿《サオ》・金祥珍《キムサンジン》としては、「なあに、猪飼野一番の娘婿《サオ》なろ思てな、ほんでこうやって精出してるわけでっさ、イェーッ」と答えるしかない。猪飼野一番の娘婿《サオ》になろうとする精神はりっぱだが、それと酒を飲むということがどうつながっているのか、そこらあたりの来歴なるものをすこし窺ってみよう。

祥珍《サンジン》は今でこそ大柄で肥えて貫禄があるが、身をかためるまでは「でがらし」と渾名《あだな》されたぐらい痩せこけた青年だった。仕事といっても、皮ジャンパー縫製の見習程度で、とても嫁を迎えられる身分ではなかった。「どうせこの世はかぼちゃのようなものよ　気ままに生きていくか」という「青春放浪歌」にもあるように、呑気にその日その日を楽しく送れれば、万々歳と考えていた。だが、それも恋心とは無縁な時の話で、恋の女神がいったん取り憑いてしまうと、もはや祥珍《サンジン》は万々歳とばかり手を打っていられなくなった。特に相手が評判の美人とくれば、おちおちしていたら鳶に油揚げをさらわれて、それこそ失恋の痛手をいやというほど味あわなければならなくなる。

いまでは、相当昔のことなので、祥珍《サンジン》も鮮明に記憶しているわけではないが、だが、たしか、有り金はたいて貞子《チョンジャ》に指輪を買って贈ったらしい。もっとも見習工の有り金といったところで、たかが知れている。実際それは、見ようによってはまがい物にも見える代物というのが、衆目の一致するところだった。しかし、問題は誠意だ、と信じて疑わない祥珍《サンジン》は、それこそ百足のわらじを磨り減らすほどの熱意で全州李氏《チョンジュイシ》宅に日参した。

全州李氏《チョンジュイシ》といっても李ハルバン（じいさん）はすでにあの世の人で、李ハルバンの妻である金海金氏《キメキムシ》（つまり現在の金山ハルマン）が家を取りしきっていた。金山姓は祥珍《サンジン》のもので、祥珍《サンジン》は羅州金氏《ラジュキムシ》だった。ちなみに、三国時代に済州島に入島した金海金氏《キメキムシ》は西帰浦《ソキポ》を除外した全域にまたがって散在しているが、羅州金氏《ラジュキムシ》は入島の時期が李朝中期ということもあって主に済州市一円しか生活圏をもたない。そこらあたりは、たとえ日本の猪飼野に住んでいるとはいえ、また、創氏改名のくびきを課せられたまま自由になっていない身であるとはいえ、本貫《ポングワン》の観念は擦っても削っても剝がれないというものだ。つまり血筋をはっきりさせるというのが人倫の根本というわけである。

金山ハルマンも御多分にもれず（思うに後家と侮られまい、とする自意識が強く作用したためだろう）、祥珍《サンジン》の血筋なるものの証明を要求した。証明といったところで戸籍謄本があるわけでもないし、間接的に、祥珍《サンジン》と同じ村の出身者の口を通しての立証以外に、これといったものがあるはずがなかった。そこで、証人の登場となる。

第一の証人は皮ジャンパー縫製所の親方で、親方は金山ハルマンに謁見するとこう切り出した。

「姐さん、こいつの血筋はわしが保証しまっさ。姐さんとこがりっぱな両班《ヤンバン》の出であることぐらい猪飼野広しといえども知らんもんはいてないってもんで。もしいたとしたら、その野郎か女郎はもぐってもんでっせ、イェーッ。と同時にですな、姐さん、こいつだってれっきとした羅州金氏《ラジュキムシ》の両班《ヤンバン》の出であることは済州市に行くまでもなく、朝鮮市場の裏の路地あたりに行けば誰だって証人になってくれるってもんでっさ、イェーッ」

金山ハルマンは一升瓶の酒をコップに注ぎ、それを一気にあおるのが常だった。祥珍《サンジン》はいまもしみじみとした口調で金山ハルマンの酒豪ぶりを語る。

……いや、ほんまに、わしのカシオモン（義母）はよう酒飲んだなあ、いまもそやけど。わしがなんとかこの貞子《チョンジャ》を嫁に欲しいと人たてて家に行くたびに、カシオモンは一升瓶片手にギロッとこちらを睨んで、そら、まるで土方の親方顔負けのすごさやったで。貞子《チョンジャ》みたいに女優にしてもおかしくないくらいの美人が（おっと、これは自画自賛ならず妻自賛ってやつかな、ハッハハ）、ようもまあ、あんな男まさりのカシオモンの腹から出てきたもんや。また、貞子《チョンジャ》の弟も月下の美少年・楊昌曲《ヤンチャンコク》に一歩もひけをとらんほどきれいな顔立ちやったな、ほんまに。いま思たら、わしみたいな醜男が、よう貞子《チョンジャ》を嫁にくれと言うたもんや。若気のいたりやったんかな、ハッハッハ……。

実際、金山ハルマンは豚足《トッパリ》を肴に一升瓶の酒をみるまにあけていく。金山ハルマンは第一の証人の証言が終わるのをまって、

「アイゴ、親方さんの話ようわかったやげ。そやけど親方さんな、うちの貞子《チョンジャ》はそこらにいてる娘とちょっとわけ違うで。血筋のはっきりした者のところ以外は嫁にやれん」ときっぱりと言う。

「姐さん、ですから、こうやって、わざわざわしが足を運んで、こいつの血筋を明らかにしてるわけじゃないですか」

「わざわざ足運んでるやと？　親方さん、なにか、親方さんは世宗大王《セジョンテワン》なったつもりで、うちみたいな後家のところ来るのに、そんなに値打ちつけてるのか」

「とんでもない、姐さん。そんな考え、小指ほどでもありますかいな。わしが言うのはこいつの血筋ははっきりしているということですがな、イェーッ」

「チッ、口ではなんとでも言えるのと違うか」

「姐さん、わしはこう見えても、皮ジャンパー縫製所の親方やってるんでっせ。親方のわしが嘘つく道理がないですやんか」

「アイゴ、今日《きょうび》大統領でも嘘つく時代や。親方さんがなんぼのもんか知らんけど、うちには豚の肥やしにもならんわ」

「姐さん、それはあんまり非道い言葉ちゅもんとちがいまっか。親方としてのわしの面目がまる潰れちゅもんでっせ、イェーッ」

「プラル（睾丸）潰れたら男駄目《ため》やけど、面目ぐらいいつでもまた立てられるのと違うか。うちは可愛い娘がかかってるやげ。それこそ千円札擦《こす》って見、摩《さす》って見、裏返《うらかえ》して見、透《す》かして見るぐらい用心して、娘婿《サオ》なる男吟味しなぁかんのと違うか。この点、よう理解してや、親方さん」

金山ハルマンが片手にした一升瓶がもうほとんど底をついているのを見て、祥珍《サンジン》が金山ハルマンの怪物じみた飲みっぷりに背筋が寒くなるほど恐れたとしても無理のないことだろう。なにせ、祥珍《サンジン》は酒とくれば、飲屋ののれんをくぐっただけで頭がふらつき、それこそオチョコ一杯でも飲もうものなら、たちまち偏頭痛で寝込んでしまうといった調子なのだから。祥珍《サンジン》は金山ハルマンに圧倒され、打ちのめされ、意気消沈して、すごすご引き返すほかなかった。しかし、祥珍《サンジン》は気を取り直し、第二の証人を立てた。

第二の証人は、親方が言っていた朝鮮市場の路地あたりに住む紳士服製造の社長で、いくぶん知的な面影が漂っていた。

「姐さん、国は南北に分断されて、鳥は自由に往き来できても私ら人間は三十八度線《サンパルソン》、いや、対馬《テマ》島海峡《ドッパダ》すら往き来できない状態じゃないですか。こんな時代に、戸籍謄本がないからといって、やたら若い青年を苦しめるというのはどうかと思いますね。若い青年に罪は無いじゃないですか」

「アイゴ、ヤッヤー、そしたら何か。国二つ分かれている言《ゆ》の、うちの責任で、この兄《に》ちゃんの血筋はっきりせん言《ゆ》て、娘やれん言《ゆ》のも、うちの責任なる言《ゆ》ことか。それサンノム（常民）の言せりふやげ」

「これは失礼な、私だってれっきとしたチェジュヤンシ（済州梁氏）の出ですよ。いわばチェジュサムシン（済州三神）の孫になるわけですよ」

「ほう、社長《さちょ》さんが済州三神の孫《まご》。それは誠《まこと》に知りませんでした」

「ですから、姐さん。この金祥珍《キムサンジン》君の切ない思いを、どうかわかってやってほしいんですわ」

「この兄《に》ちゃんの切ない気持ちうちがわかったから言《ゆ》て、うちが結婚するわけ違うやろ。結婚するのうちの可愛い娘やげ。うちはただ娘が不幸ならんよう願ってるだけや」

「そのためにも、若い者同士、好いた者同士一緒にさせてやろうじゃないですか。考えてもみて下さい。異郷に暮らしている私らのまわりは日本人ばかりなんですよ。それこそ、ちょっとしたすきに日本人と恋愛して、民族も親もうっちゃらかして飛び出すかもしれないじゃないですか」

「社長《さちょ》さんはうちの娘のこと言《ゆ》てるの」

「いや、姐さん、私たち在日同胞全般について言ってるんですよ」

「在日同胞全般とか何とか言《ゆ》のようわからんけど、うちの娘に関してはうちが睨んでる限り心配ないわ」

「そら、もちろんそうでしょうけど、物事には弾みというものがありますからね。つい出来心とか」

「チッチ、社長《さちょ》さんはうちの娘にケチつける気か。うちの娘はうちに似てふしだらなとこ鼠の糞ほどもないで。とにかく、この兄《に》ちゃんの血筋のはっきりした証拠持って来てくれたらええ」

「姐さん、将来、国は間違いなく統一されます。国が統一されたら戸籍謄本なんか好きな時に作れるじゃないですか」

「アイゴ、社長《さちょ》さんらみたいりっぱなもんぶらさげたもんが、精神しっかりせえへんかったから国食われてもたし、解放や言《ゆ》たか思たら国二つ分かれてもたし、明日なったら間違いなく統一なる統一なる宣伝してても、どや、いまだに統一なってへんのと違うか」

「それは、姐さん、言いがかりですよ」

「言いがかりか、仕上がりか知らんけど、うちはそない思うで」

金山ハルマンはグイッと酒をあおり、豚足《トッパリ》をかじり出し、もはや話はこれまで、といった感じだ。祥珍《サンジン》は空気の洩れた人形のように萎えて、紳士服製造の社長の後ろについてとぼとぼ引き返すほかなかった。

……あの時はほんまに、カシオモンが鬼か蛇に見えたな。それこそわしは蛇に睨まれた蛙みたいに萎縮して、蚊の泣く声で、ゲロゲロパボパボ（阿呆阿呆）言うのがやっとやった。もちろん、カシオモンに、面と向かって言えるわけがないやろ。蒲団の中で、枕を涙で濡らしながら、ゲロゲロ、パボパボ、そない呪詛してたんや、ハハハ……。

考えたら、祥珍《サンジン》のカシオモンに対する心理的な劣性はこの時期に、いわば万里の長城のように堅固に構築されたとみてさしつかえないだろう。祥珍《サンジン》はカシオモンに対する心理的な劣性をなんとか克服しようともがいた。なにせ、夢にまで金山ハルマンが金棒のかわりに一升瓶を振り上げて祥珍《サンジン》を追っかけてくるのだから。「でがらし」の祥珍《サンジン》が諸肌脱いですごんだところで物笑いになるだけだし、また、仲間を募って押しかけるのも卑怯というものだろう。そこである啓示が稲妻のようにひらめいた。

むこうが一升瓶片手なら、こっちも一升瓶片手に張り合ってやれ。祥珍《サンジン》はこう結論付けた。この際、証人など糞くらえだ。親方が駄目、社長が駄目なら、この先、会長をかつぎ出そうと、組織のお偉方をかつぎ出そうと駄目なものは駄目に決まっている。

……そこでね、わしは一升瓶片手に単身乗り込んだってわけだ。もちろん、豚足《トッパリ》も忘れずに朝鮮市場で買って持っていったんや……。

まあ、若さというのはそういうものだろう。こうと思えば、とことん突き進む以外に、他にどうしようもないのではないか。案外、金山ハルマンも祥珍《サンジン》のその一途な情熱に根負けしたのかもしれない。

「オモニ、一杯やってくらはい」

「馬鹿たれ、マッペンジー（結納）も取り交わしてないのに気やすくうちをオモニと呼ぶな」

「では、マッペンジー、さっそく明日でも持ってあがりまあ」

「誰か、お前に貞子《チョンジャ》やる言《ゆ》たか。さあ、もっと飲め、グッと空けてまえ」

祥珍《サンジン》はコップを持つ手が震え、まるで毒でも飲むように顔がひきつって、とてもまともに目をあけて見れたものじゃない。すでに二、三杯はどうにかして飲みほしたが、顔は茹《ゆ》でたように真っ赤だったし、舌ももつれがちだった。まかり間違っていれば、急性アルコール中毒で急死していたかも知れない。もちろん、金山ハルマンは悠然と、かけつけ三杯といった具合だったが。

「アイゴ、どないした。グッといかんか。これぐらい飲めなんだら、ついてるもんついてる言《ゆ》てえらそうに言《ゆ》な。そんなふぬけにうちの可愛い貞子《チョンジャ》やれんからな、そう思え。そうでのうても、お前はどこの馬の骨とも知れん奴やからな。違うか、そやろ」

「オモニ、それはあんまりろ言うもんれっせ。僕ぁ羅州金氏《ラジュキムシ》・金祥珍《キムサンジン》ですよ。信じれくらはい。漢拏《ハルラ》山《サン》にかけれも足らなんだら白頭山《ペットウサン》にでもかけれ誓いまぁ。僕ぁ正真正銘、羅州金氏《ラジュキムシ》の出れす」

「チッチ、チョルガン（寺）の坊主みたいに、同じことばっかし言《ゆ》な。まぁ、本貫はひとまず置いといてもええわ。ほんで、お前は何ぼの金持っててうちの貞子《チョンジャ》嫁にくれ言《ゆ》の」

「金？　金なんかありませえん。僕ぁその代わり誠意があります」

「誠意で飯食えるか」

「オモニ、キリチュトとかいうお釈迦さんほど偉い人がこない言ってまぁ。人はパンのみにて生きるに非ず。つまり、ですな、パンだけに目がくらんでパンのことしか頭になかったらですな、そら、腹の奴ぁ豚みたいに肥えますやろけど、肝心の頭はからっぽになって遠い先が見えんようなってしまいまぁ。そないなったら、人間ちゅうもんはスクラップ同然になってしまいます」

「アイゴ、共産党《コンサンダン》みたいなこと言《ゆ》な。うちは口ばっかし発達した人間はきらいやで。このポルゲンイ（赤）、もっと飲め」

「イェーッ、オモニ」と言ったかと思うと、祥珍《サンジン》は白眼をむいて天井をあおぎ、ガバッと立ち上がった勢いで仰向けにぶっ倒れてしまった。豪胆な騎兵に精一杯虚勢を張って立ち向かったあげく、こてんぱんに打ちのめされて疲労困憊した歩兵のようにぐったり寝入ってしまった。さすがに、金山ハルマンもこの時ばかりは祥珍《サンジン》を不憫に思ってか、

「貞子《チョンジャ》や、こいつに蒲団かけたれや」と、優しさをチラッとのぞかせた。

さて、いったい金祥珍《キムサンジン》と李貞子《イチョンジャ》との間にはどれほどの恋が芽生えていたというのだろうか。いや、少なくとも祥珍《サンジン》のほうは、端午の日に広寒桜にやってきた李道令《イドリョン》が、鞦韆《クネテイギ》（ぶらんこ）をしている春《チュ》香《ニャン》を見て一目惚れしたように、貞子《チョンジャ》に首ったけであることは周知のことだ。では、貞子《チョンジャ》はどうであったか。別にまがい物とも見える指輪をもらったからではないだろうが、たしかに貞子《チョンジャ》にしたって祥珍《サンジン》の一途さには母性愛を喚起されるところがあった。ただ、貞子《チョンジャ》はオモニを思う気持ちから、ひたすら淡い絵の具のように、控え目に感情を表現するしかなかったわけだ。なにせ、金山ハルマンは亭主がいないことで世間に軽んじられるのをなによりも忌み嫌っていた。このことは誰よりも貞子《チョンジャ》がよく知っていた。とすれば、アボジがいないことをいいことに貞子《チョンジャ》が求愛してくる男と無軌道な行為に走ったとするなら、それこそ、金山ハルマンは地面を叩いて慟哭し、あげくのはてには、貞子《チョンジャ》を呪詛しただろう。「アイゴ、お父《と》さん居てない思て、うちを馬鹿にしたな。ああ、犬畜生みたいなことする娘うち生んだ覚えないど。うちはりっぱな血筋やのに、あんなふしだらな娘出来るはずないわ。アーイゴ、あれは鬼神《クウイシン》が生んだ子や、うちの娘違う」

だからこそ、貞子《チョンジャ》は李朝両班《ヤンバン》の子女らしく貞操をしっかりと、いわばかけがえのない宝石のように守っていなければならなかった。

当然、白昼堂々とデートできるわけでもなく、かといって夜陰に乗じてこっそりランデブーを楽しむにしても限度があった。というのは、狭い猪飼野のことだから、何処に行こうと必ず知った誰かに会う。結局、祥珍《サンジン》は貞子《チョンジャ》の部屋の窓辺に立って、恋を語らうほかなかった。暗闇の空にきらめく星と交歓するように、きわめて澄んだ小声で囁く。しかし、たいがいきまって金山ハルマンの聡《さと》い耳に密会の囁きは届いてしまう。ただ、金山ハルマンはいきなはからいからか、せっかちに怒鳴りつけたりはしなかった。様子を窺って、そろそろ潮時だ、という頃合におじゃま虫よろしく介入する。

「チッチ、いつまであなたが好きよ、お前を離さん、二人の心はひとつ、やなんて歯の浮くような事ばっかし言《ゆ》てる。もう切り上げて貞子《チョンジャ》も寝なげ」

夏の終わりとともに、牽牛星と織女星が別れるように、祥珍《サンジン》と貞子《チョンジャ》は金山ハルマンの嗄《しわが》れ声を合図に「さいなら」を言わなければならなかった。といっても、祥珍《サンジン》は黙って立ち去るようなことはしない。貞子《チョンジャ》に「さいなら」を告げると、金山ハルマンが寝ている部屋に向かって、

「オモニ、明日の晩、また一升瓶かついでおじゃましまっさ。どうぞ、よろしく」と声をかける。すると、

「気安うオモニ言《ゆ》な、言《ゆ》てるやろ、この馬鹿が。早よ、家帰れ」という具合に、金山ハルマンはやり返す。

「イェーッ、オモニ、おやすみなさい」。祥珍《サンジン》は心も軽やかに猪飼野のまがりくねった路地を帰って

いく。

……まあ、あの頃から、鬼か蛇に見えたカシオモンも人間らしい見えてきたな。口こそ相変わらずきたなかったが、言葉の裏に刺《とげ》がなかったんや、ほんまに。よっしゃ、あとひと押しやで、そない思うたら、胸が高ぶって、なかなか寝つかれへんかったで、いや、ほんま……。

祥珍《サンジン》は豚足《トッパリ》の包みを小脇に抱え、一升瓶を片手に例の調子で全州李氏《チョンジュイシ》の敷居をまたいだ。

「オモニ、きょうこそは、ざっくばらんに話し合いましょうや」

「えらそうな口たたかんと、まあ、飲め」

「イェーッ、飲みまっせ。オモニが飲め言うなら、この祥珍《サンジン》、不肖ながら命賭けても徹底的に飲みまっせ」

「そうか、そうか。よし、グッといけ。その調子や。うちもガバッと飲むからな」

「いや、ほんまに、オモニは大した飲みっぷりですな。僕あオモニのような女《ひと》の息子に生まれたかった。本当でっせ」

「お前、ほんまにうちの息子なりたいか」

「そらもう、オモニが今かられも息子になれ、言うてくれるんれしたら、僕あよろこんれ息子になりまっせ」

「なんや、お前、もう酔ってんのか」

「と、とんでもないれすう。これしきで酔うほど、僕あ未熟じゃないれすよ。これもオモニのお陰や思うてます。イェーッ、感謝《カムサ》ハムニダ」

「お前な、うちの息子なるのは難しいど。耐えられるか」

「僕の祖先は外敵が島あらしにきたときも逃亡《トマン》せんと耐えてましたれす」

「誰がお前の祖先の話、してる。お前が、耐えられるか、聞いてんのやろ」

「ですからね、僕の祖先は羅州金氏《ラジュキムシ》ですよ。そやさかい、子孫の僕も何だって辛抱強く耐えて行けます、イェーッ」

「よし、それやったら、うちの家来て、うちらと一緒にミシン踏むか。貞子《チョンジャ》とお前が向かい同士なってミシン踏んだら楽しいど。どや、そないするか」

「それじゃ、僕ぁ貞子《チョンジャ》と一緒になっていいんれすね」

「ああ、うちらとも一緒やど」

「そら、もう、貞子《チョンジャ》と一緒になれるんやったら、あとはもうオモニのええようにしてくらはい」

というわけで、祥珍《サンジン》は半ば入り婿同然の形で、貞子《チョンジャ》と所帯を持つことになった。まあ、ひとり身の祥珍《サンジン》にしてみたら、何処で住もうと気の向くままといったところだろう。とにかく、情熱と誠意以外になにも持ち合わせていない祥珍《サンジン》は、からだひとつで金山ハルマンの家にころがりこむだけで、式を挙げる金や、家を借りる金も用意する必要がなかったのである。まさに万々歳と手を打って歓喜に酔いしれていた。

しかし、昔からよく言ったものだ、ただほどこわいものはない、と。実際、新婚初夜の（といっても、どこか旅先のホテルの豪華な閨房などではなく、なんのことはない、祥珍《サンジン》が夜陰に乗じて窓辺に立ったところの貞子《チョンジャ》の部屋である。なにせ、金がないのだから仕方がない）、あの羞《は》じらいと厳粛が混ざった愉楽のはじまりにおいて、名実共に娘婿《サオ》になった祥珍《サンジン》は熱い思いに胸をおどらせ、震える手で新婦を抱き寄せようとした。ところがにべもなく「駄目よ、オモニと弟に聞こえるわ」と牽制されたのである。

祥珍《サンジン》は、この初夜をどれほど想い焦がれてきたことか。一日千秋という言葉があるが、実に祥珍《サンジン》のためにあるようなものではないか。祥珍《サンジン》は悔しさに蒲団を嚙みしめ、思わず涙ぐみそうになった。しかし、翌日になっても事態は変わらず、新婦に「きょうのところはおとなしく寝ましょ」と、またまたていよくあしらわれる始末であった。

……いやあ、あの時ほどつらく切なかったことはなかったなあ。こう、なんと言うか、釣った魚がするりと手から抜け落ちて、また海の中に逃げていったような感じや。ほんまに、わしは貞子《チョンジャ》と結婚したんかなあ、なんて変な気持ちやったで。そう、わしも男やからな、こら、いつまで人をこけにするつもりや、と貞子《チョンジャ》を一喝してもよかったけどな、なんせそこは入り婿同然の身勢《シンセ》や、まして、あのカシオモンがデンと構えてるからな。わしは、畜生、ゲロゲロ、パボパボ言うて、やり場のないうさをどこで晴らしたらええもんか、途方にくれたで、いや、ほんま。しやからな、新婚初夜から指折り数えてやっと十日目に許可がおりた時はどれぐらい喜んで、オルシグ、チョルシグ、チョッタ言うてとびはねたか。そらもう、十日間も飯食うのお預けされて、死ぬ一歩手前でしっぽ汁にありつけた時みたい感動やった。ほんまに、人間生きてるいうことはええこっちゃ、そない思たで……。

かくして祥珍《サンジン》は、一日千秋の思いで待ち焦がれた〈初夜《チョンナルパム》〉を歓喜で迎えてからというものは、全身に活力がみなぎり、積極的に外回りして仕事を取って来るわ、ばりばりミシンを踏むわで、飛ぶ鳥をも落とす勢いだった。

それまで母娘二人でほそぼそと営んできた仕事の規模などたかが知れている。下請の下請といったいわば内職に少し毛が生えた程度のもので、もちろん、屋号などあるはずがなかった。ところが、祥《サン》珍《ジン》の働きでみるみる規模が大きくなり、今では下請の下請をとうに脱皮し、メーカー直属の下請にまで発展した。誠意があり、納期に遅れない堅実さがメーカーに認められたのだ。屋号も「金山皮革製品加工所」と、上質の木版に書いて表にかかげてある。祥珍《サンジン》もいっぱしの親方というわけだ。

「でがらし」の痩身も親方らしくぽってりと肉付いた。おかげで貞子《チョンジャ》の弟も東京の大学に学んでいる。

近所のハルマンたちが金山ハルマンを見るたびに羨ましがるのもうなずけるというものだ。

「アイゴ、姐《ね》さんとこの娘婿《サオ》ほんまにええ娘婿《サオ》や」

「そやげ、うちが選んだ娘婿《サオ》やからな」

内心のうれしさをめったに表に出さない金山ハルマンも、さすがにこの時ばかりは得意だ。実際、きっかけさえ与えられれば、娘婿《サオ》自慢がどっと噴き出す。

「うちは最初からええ娘婿《サオ》なる思てた」

「よう言《ゆ》わ、姐《ね》さん。はじめはぼろかすやったやんか」

「ハッハ、正直言《ゆ》て、はじめ見たときうちの娘婿《サオ》言《ゆ》たら、やせてガリガリで気も小《ちっ》さ見えて、おまけに、金も籍もない言《ゆ》ことやろ。うちは世の中ひっくり返っても貞子嫁《チョンジャ》にやることでけへん、そない思た。貞子《チョンジャ》ぐらいの別嬪やったら、放っとっても金持ちの方で勝手にやって来るわ、違うか。そやけど、金持ち言《ゆ》ても先のことわからへん。貧乏やから言《ゆ》ても先のことわからへん。問題は娘婿《サオ》なる言《ゆ》もんのポンジリ（本質）やげ。ポンジリよかったらそれでええ。うちの娘婿《サオ》はポンジリがよかった。まあ、うちとこみたいな娘婿《サオ》ちょっといてないで、ハッハッハッハッ」

たしかに、金山ハルマンが祥珍《サンジン》を人知れず見つめるときなど、その眼差しには内奥からあふれでた優しさが満ちていた。思わず祥珍《サンジン》に、お前はほんまにええ娘婿《サオ》や、と言い出しそうになることもあった。しかし、亭主に先立たれてから、男を飲みこむ意気ごみで酒を飲んできた金山ハルマンは、人間が豪気にできあがってしまい、素直に感情を出すということができなかった。だから、祥珍《サンジン》にいたわられると、むしろ強がってみせる。実際、からだのふしぶしが痛み、膏薬《こうやく》を貼っているところを祥珍《サンジン》が見て、

「オモニ、いい加減ミシン踏むのやめて、のんびりしたらどうでっか」と言えば、金山ハルマンは、

「チッチ、うちがミシン踏むのやめる時言《ゆ》たら、棺桶なか入る時やげ」とやり返す。金山ハルマンには、からだが動くかぎり働くのが当り前や、という考えがしみついているわけだ。

「かなわんな」。祥珍《サンジン》は金山ハルマンの気性がわかっているだけにそれ以上なにも言わない。

もちろん、祥珍《サンジン》は必ずしもいたわりからだけで金山ハルマンに隠居暮らしを願っているわけではない。親方としての見栄と誇りを持ちたいという欲求も強かった。つまり、家のことはいっさい自分がみる、という具合にだ。なにせ、いまのところ親方とはいえ、家の実権はすべて金山ハルマンが握っているのだから。もっとも入り婿同然の身勢《シンセ》であれば、そこまで野心を持つのは分不相応というものだろう。わかっているのだが、日がとっぷり暮れてから、ミシン場で段取りをしている時など、たまに心にぽっかり穴があいたみたいに空しくなることがある。やるせない。

……ええい、うじうじしてても仕方ないわい。よし、カシオモンに直談判や。そない思てカシオモンの前に行くわな。そしたら、カシオモンは一升瓶片手に酒飲んでるわけや。わしが何か言おうとしたら、カシオモンの目が、親方なった気分出すのまだ早いど、そない言うてるみたいで、結局、なんも言えんと、うさ晴らしに立呑屋に行くわけや、ハッハハ……。

もともと、祥珍《サンジン》は飲み屋ののれんをくぐっただけで頭がフラフラする性質《たち》であったが、金山ハルマンに鍛えられただけであって、結構いけるようになった。しかし、「そんな飲みかたで男や思たら大間違いやど」と、金山ハルマンが、揶揄《やゆ》するところをみると、まだまだかけだしといったところか。といっても、立呑屋でキュッとひっかけるぶんには十分だ。いや、むしろ他の飲み仲間に較べたら祥《サン》珍《ジン》のほうがまあ飲める口といえた。

「これはこれは親方、まあ一杯」

祥珍《サンジン》はつがれるままにグイッと飲みほす。

喊声があがった。

「もう一杯」

これも祥珍《サンジン》は一息にあおった。

「いよっ、親方、いけまんな。その調子で夜の寝床も頑張ってまっか、ハッハハ」

まかしとけ、とばかり、意気がって今度は飲み仲間に酒をついでいく。やがてほろ酔い気分になってくると、祥珍《サンジン》は一席ぶつ。

「まあ、なんやな、わしら男ちゅうもんはや、バリバリ仕事してぎょうさん金儲けな、あかん。やるからにゃ、とことんやらな、あかん。チェス（運）ないとか、やる気ないとか言うててみ、子供が馬鹿にするわ。嫁はん逃げてしまうわで、死ぬまでうだつ上がらへん。そないなってみ、男ゼロや。わしはやったるで、まあ、見とってみ、猪飼野一番の親方なったるから」

「チョッタ。祥珍《サンジン》親方が猪飼野一番の親方なったら、わしら猪飼野中万歳《マンセー》いうて歩いたる」

「ほんだらわしは、祥珍《サンジン》親方のために運河に舟浮かべて長鼓《チャング》たたいて踊ったる」

「アイゴ、みんなうれしいこと言うてくれるな。よっしゃ、きょうはわしがもつから、パッとやってや」

歓声があがり、祥珍《サンジン》の気分は最高潮に達した。この調子で饗宴が終わればすべて世は事もなしとなるわけだが、そうならないのがまた人の世というものだろう。あまのじゃくはどこにでもいる。もっとも、このあまのじゃくはすでに酩酊状態で、ろれつも怪しい。

「カシオモンにプラール（睾丸）摑まれれいれ、なにが猪飼野一番の親方なっらるや」

祥珍《サンジン》の気分は、カチッと凍り、血の気がなくなっていく。……畜生、ゲロゲロ、パボパボ、人が一番気にしていることを言いやがって、と、祥珍《サンジン》は意識がもうろうとしてきた頭の中で叫ぶ。まわりのものたちがあまのじゃくに、

「親方に謝まれ」と言っているのが聞こえた。しかし、このあまのじゃくは一歩もひこうとしない。それどころか、

「なんれ謝まらなあがん。わっしゃほんまのころ言うれる」と自説を主張して譲らない。

当然、こうなれば結果は火を見るより明らかだ。見物しているぶんにはいたってのんびりとした光景だが、狭い立呑屋は修羅場となって、コップは飛び、血潮が吹き出ることになる。すると、誰かが金山ハルマンに急報に走った。

金山ハルマンは大のプロレスファンだから、きまってそんな時テレビの前にあぐらを組んで座り、「そやげ、そこや、そこいけ」とひとり興奮している。そして、力道山がアメリカの怪物じみた毛むくじゃらのレスラーの分厚い胸に空手チョップをあびせるクライマックスには、「アイゴ、ようやった。気分スッとしたやげ」と手をたたいて喜ぶ。まさに恍惚の絶頂だ。そこへ、「ハルマン、娘婿《サオ》が酒飲んで大変でっせ」と知らせが来たわけだ。

「チッチ、ええとこやのにあの馬鹿たれが」と金山ハルマンは、いかにも力道山から引きはがされる

のが残念と言わんばかりに立ち上がった。

平野運河の饐《す》えた臭いがたちこめる路地を突っ切り、ヘップの化学糊の異臭がこびりついた路地を折れまがり、射出成型機の間《ま》のびした圧縮空気の抜ける音が響く路地をかすめ、車の排気ガスが充満する交差点角まで来ると、もうそこに立呑屋がある。さっそく、金山ハルマンの目には、あまのじゃくに殴りかかろうとして、まわりの者たちにひきとめられている祥珍《サンジン》の姿がとびこんできた。

「チッチ、なにしてるや」と金山ハルマンはブスッとつぶやく。祥珍《サンジン》は金山ハルマンと視線が合うと、ふりかざした拳骨を開いて、顔の汗をぬぐい、ひきつった笑いを浮かべた。

「こ、これはオモニ。酒飲みに来ましたんでっか」

「アイゴ、力道山テレビでやってるのに、なんでここまで来て酒飲む」

「そ、そうでんな、力道山の空手チョップは世界一でんな、いや、ほんま。わしも負けてまへんで、猪飼野一番の親方なりまっさ、オモニ」

「それわかってて、なんでこのざまや」

「それはでんな、オモニ、まあ、世の中厳しいいうこってすわ、イェーッ」

「当り前のこと言《ゆ》な、行くど」

祥珍《サンジン》はふらりふらりと足をからませて金山ハルマンの後をついていく。倒れそうになると、金山ハルマンの肩を摑む。

「チッチ、精神《チョンシン》しっかり持て」と金山ハルマンは叱る。しかし、言葉には刺はない。包むような優しさがあった。

「ついてるもんついてるから言《ゆ》て、酒飲んで喧嘩したら男ぺケやど」

「わかってます、イェーッ」

「酒飲も思たら、世の中全部飲みこむぐらいの気持ちもたなあかんど」

祥珍《サンジン》は、ふと立ちどまって金山ハルマンを見詰め、フーッと息を吐いて言った。

「オモニ、わしが猪飼野一番の親方なるちゅうことはでんな、猪飼野一番の娘婿《サオ》なるちゅうことですな」

「そやげ、早よ猪飼野一番の娘婿《サオ》なれ」

「ほんだら、オモニ、わしに家のこと全部まかしてくれまっか」

「なんぼでも、まかしたる。そやけど、お前はまだまだや」

「やっぱし……」

「ああ、やっぱし」


とまあ、こういうわけで祥珍《サンジン》が酒に飲まれるとわかっていても、酒を飲む来歴なるものがわかっていただけたかと思う。

再生

猪飼野を南北に縦貫する運河に面してかつてたくさんの〈トットナリ〉と呼ばれる長屋があった。もちろん、〈トットナリ〉という語は済州島人《チエジユッサラム》による造語だ。〈トットナリ〉は「トッ」と「トナリ」とに分解できる。「トッ」は正確には「トック」であってハングルだと「닭」と表記され発音も「タック」となる。それは「鶏」を意味する。「トナリ」は「隣近所」の「隣」を意味する日本語であることがわかる。

つまり、〈トットナリ〉は「鶏」小屋同然の家が「隣」合った長屋を指す。まあ、言ってみれば、からだひとつで猪飼野に流れ着いた済州島人《チエジユッサラム》のユーモラスな言語感覚の所産と言えるかもしれない。

さて、数ある〈トットナリ〉のうちで俊徳橋と大池橋の中間にあった〈トットナリ〉に元達五《ウオンダルオ》一家が住んでいた。

元家《ウオンチベ》といえば猪飼野でも済州島でも〝へんこつ(偏屈《へんくつ》の大阪弁)〟で通る。

〝へんこつ〟の元達五《ウオンダルオ》は近い親戚ですら日常の付き合いはなかった。まして、遠縁にあたるものなど「付き合い」の範囲外といえた。

祭祀《チエサ》ともなれば近い親戚はもちろんのこと遠縁のものも顔を出すのが猪飼野の「常識」であった。

どうやら、〝へんこつ〟も高じると「常識」を逸脱するということか。

では、元家《ウオンチベ》が〝へんこつ〟なら、その元家《ウオンチベ》に嫁入《シジップカン》りした金栄春《キムヨンチュニ》はどうか。典型的な済州島女の〝勝気〟を体現していた。

〝へんこつ〟と〝勝気〟が合体した結果は次の通りである。

長男昌利、長女通子、次女和子、次男哲明、三男憲一。

神房《シンバン》の病を治す祈禱《チビヨンクツ》も空しく元達五《ウオンダルオ》は生野病院の寂寥とした病室で亡くなった。胃癌だった。季節は金木犀《きんもくせい》の熟した黄色い花があの独特な匂いを放つ秋だった。

「アイゴ、済州島に生まれたばっかりに頭腐ってしもたやげ」

栄春《ヨンチュニ》は胸を叩いて嘆いた。頭に去来するものは神房《シンバン》に依存しすぎた自分の無知を恥じる思いだった。朝鮮戦争が勃発した翌年、海上で爆死した舅《シアバン》と姑《シオモン》の霊を慰める祈禱《クッ》を桜の宮の「龍王宮」で神《シン》房《バン》に挙げてもらったことがある。貧しい生活ながらも生きているものが果たすべき務めを果たしてきた。

「チッチ、それやのに」

栄春《ヨンチュニ》は無念だった。

元達五《ウォンダルオ》は亡くなる前年の初夏に、額田の信貞寺に籠もって三日三晩病《チビョン》を治す祈禱《クッ》を受けた。

「あの時医者行って診てもろてたら」と栄春《ヨンチュニ》は後悔の念に胸を掻きむしった。

しかし、自省の観念は習性に縛られた栄春《ヨンチュニ》の思考を脱皮させるまでには至らなかった。

栄春《ヨンチュニ》はこれだけはしておかないと元家《ウォンチベ》が滅亡するという強迫観念に囚われて、神房《シンバン》に故人の魂を慰める祈禱《クッ》を挙げてもらった。

もちろん、祈禱料はただではない。額田での祈禱料も借金し、まだ半分以上返済が残っていた。したがって、今度もまた借金である。借金のほとんどは頼母子であった。

〝へんこつ〟の頭《かしら》を亡くした元家《ウォンチベ》の軒先に据えられた竹竿の先が夜空にそよぎ、俄か作りに設置された家の中の祭壇の前で神房《シンバン》が打ち鳴らす銅鑼の太い金属音は幾重にも高まって周囲を圧倒した。栄《ヨン》春《チュニ》の心は銅鑼の高鳴りに乗って夜の暗闇に埋もれた猪飼野の空に打ちあげられた。

故人の遺骨は猪飼野の「常識」に則って善光寺に預けられた。

一九六〇年代の善光寺の納骨堂は一条の光すら差し込まず、さながら地底の暗闇に埋もれているようだった。この寂寥とした暗闇に半ば放置された恰好の数百体の遺骨は異国での死を納得できないといった異様な空気を放っていた。

地底の暗闇を控え目に払い除ける蠟燭のあかりにぼうと浮かび上がった数百体の故人の「戒名」、「写真」、「没年月日」等の「モノ」が現世と来世を繋ぐいわば一種の呪文めいたもののように存在感があった。


元達五《ウオンダルオ》の生前、栄春《ヨンチュニ》は「チッチ、私の人生いったいどこにあるや」と慨嘆することしきりだった。なにせ元達五《ウオンダルオ》は〝へんこつ〟な上に〝短気〟で〝甲斐性なし〟と三拍子そろっていた。

月末になると金の算段がつかないことから起きる衝突で元達五《ウオンダルオ》はよく栄春《ヨンチュニ》の髪の毛を鷲摑んで家中引きずり回したものだ。もっとも、栄春《ヨンチュニ》はただでは引きずり回されなかった。頭の皮が剝がれるかと思われるほどきつく髪の毛を鷲摑まれながらも、

「アイゴ、トンポリ（金儲け）する腕ないでも髪の毛引っ張る腕あるねんな。なんのため付いてるもん付いてるや。トンポリしてこそ付いてるもん値打ち出てくるもんやげ」と詰《なじ》った。

こんな具合で、月末が来るたびに栄春《ヨンチュニ》の心には荒んだ風が吹いた。もちろん、そんなことぐらいで

へこたれる栄春《ヨンチュニ》ではなかった。〝勝気〟が辛うじて栄春《ヨンチュニ》を絶望の淵でひきとめて正気の綱渡りからの転落を防いでいただけかもしれないが。

五十を少し越えたところで寡婦となった栄春《ヨンチュニ》は家族の命運を長男の昌利に託さなければならない事態に深い不安を覚えた。元達五《ウォンダルオ》の〝へんこつ〟と〝短気〟と〝甲斐性なし〟の三拍子がきっちり昌利に遺伝していた。加えて女にだらしがなかった。

実際、昌利は元達五《ウォンダルオ》の存命中に二十も年上の女と同棲したことがある。それは線香花火のように短命ではあったが。

「同棲事件」を起こした当時、昌利は御幸森《みゆきもり》小学校裏にあるハンドバッグの口金を製造する松田産業に見習いとして住み込んでいた。

「見習い住み込み」など昌利には不本意な進路だった。昌利の憧れは国立大学だった。残念なことに何浪かしているうちに結核を患い、結果、大学受験を放棄した。

異邦人であることの不遇性を救い上げる女神として昌利が求めた大学は彼岸に遠ざかった。

「アイゴ、大学だけ人生か」と言って栄春《ヨンチュニ》は消沈した昌利を慰めた。

大学という女神に見放された昌利はどのような仕事に就こうが、そんなことはどうでもよかった。もっとも、猪飼野の外――つまり日本国の企業に就職してみたいという思いが意識の片隅を過《よぎ》らなかったといえば嘘になるだろう。しかし、その種の思いは栄春《ヨンチュニ》によってひとひねりされる性質のものだった。

猪飼野に遍在する済州島人《チェジュッサラム》であれば誰だって猪飼野の「外」に活路を求めるといった幻想を持たなかった。伊達には「日帝時代《イルチェシデ》」を生き延びてはこなかったといえるだろう。猪飼野に育った昌利は頭の芯のあたりで栄春《ヨンチュニ》の思考回路を敏感に感じ取っていた。

もっとも、元達五《ウォンダルオ》は跡取《チャンベ》りに紳士服製造の技術を教え込みたかった。たしかに、昌利が将来紳士服製造の親方になることは元 家《ウォンチベ》の理に適うことではあった。ところが、元達五《ウォンダルオ》の思惑などくそくらえとばかり栄春《ヨンチュニ》は理よりも実のほうを選んだ。栄春《ヨンチュニ》は「紳士服」に見切りをつけていた。なにせ、一年の大方半分は仕事が無くて、またあっても儲けが薄く、月末のたびに金で喧嘩する羽目に陥る紳士服製造の技術など鼠のフンほども役立たなかったのだから。

元 家《ウォンチベ》の理に固執する元達五《ウォンダルオ》を振り切り、あまり乗り気のしない昌利を頭から説き伏せて松田産業――社長夫人呉仁淑《オインスギ》が栄春《ヨンチュニ》と同郷だった――に住み込ませたという経緯があるだけに「同棲事件」を知ったときの栄春《ヨンチュニ》の衝撃の大きさは相当なものだった。

栄春《ヨンチュニ》は昌利に不審な様子があればただちに仁淑《インスギ》から密かな連絡が入るよう手を打ってあった。一年間は何事もなかった。災難というのはホッと一息つく頃にやってくるものである。世間が「桜見」に浮かれているさなかだった。仁淑《インスギ》から密かな知らせが栄春《ヨンチュニ》にもたらされたのは。

栄春《ヨンチュニ》はこうしたときに仁淑《インスギ》と落ち合うことになっている朝鮮市場に出掛けた。もちろん、買い物を装ってである。買い物籠を腕にぶらさげて〈トットナリ〉を出た栄春《ヨンチュニ》は平野運河沿いの細い道を歩いた。

春の陽気がたちこめる運河沿いの道は、鶏小屋から解放されて悠然と散策する鶏を見つけては追い掛け回す餓鬼たちの歓声が溢れ、荷台に取り付けた大きな籠の中にほうりこんだヘップサンダルの半製品を内職場に運ぶオートバイの排気音が溢れ、木製の手作りのゴミ箱と並んで簡易物干し台が溢れ、壊れた家具やら食器にボロ布が溢れ、筏に組まれて平野運河を下って来た材木を製材する機械の音にともなって生木の匂いが溢れ、孫をあやす老婆《ハルマン》の済州島の子守歌が溢れ、手動式プラスチック射出成型機の緩慢な音に加えて原始式な裁断機の危険をはらんだ音が溢れるといった具合に「混沌」としていた。

そうした「混沌」が詰まった平野運河沿いを遡って、つまり左手に俊徳橋、万才橋、奥田橋、耕整橋を過ごして、御幸橋まで来ると、あとはその御幸橋を渡ればもう朝鮮市場だ。

脂っ気がなく糸屑が付いた乱れた髪は栄春《ヨンチュニ》の動揺をよくあらわしていた。栄春《ヨンチュニ》は顔を強張らせて御幸橋を渡った。盆と正月が近づくと猪飼野に遍在する済州島人《チェジュッサラム》が供物用の材料を求めてどっと押し寄せる朝鮮市場は春の陽気にのんびりとくつろいでいた。

明太《メンテ》、キムチ、にんにく《マヌル》、もやし《コンナムル》、唐辛子《コッチュ》をござに並べた〝乾物商〟、蒸し豚、こぶくろ、豚足といった肉の塊が独特のにおいを放つ〝豚肉屋〟、チマ・チョゴリ用の華麗な色彩の生地を店頭に飾った〃民族衣裳店〃、祭祀《チエサ》に使う真鍮製の祭器やびょうぶに長鼓《チャング》とか朝鮮人形が雑然と置かれた〃韓国物産店〃、済州島直送と銘打たれた新鮮な魚が買い手を待つ〃魚屋〃。いずれの店とも顔なじみの栄春《ヨンチュニ》はこのときばかりは挨拶もそこそこに通りすぎ、〃漢方薬屋〃と〃喫茶店〃との間の路地を鼠のように入り込んだ。

軒先に吊り下げられたにんにくの真下に春の日差しを浴びて鈍く光る瓶が置かれた高福順《コボクスニ》の家の板間にはすでに仁淑《インスギ》が座っていた。灰皿に積もったタバコの灰の量から推して仁淑《インスギ》は栄春《ヨンチュニ》を待ち兼ねていた様子だ。栄春《ヨンチュニ》が顔を見せると仁淑《インスギ》は吸いさしのタバコを親指と人差し指でもみ消して「姐《ね》さん、ここに座りや」と座布団を差し出した。さすがに仁淑《インスギ》は社長夫人だけあってからだは派手な服で、指は高価な指輪でよそおっていた。

糸屑にまみれて着たきり姿の栄春《ヨンチュニ》は仁淑《インスギ》とは好対照なだけに気後れを感じた。もっともそんなことにいちいちこだわっている余裕はなかったが。

仁淑《インスギ》の傍らには地味ではあるが垢抜けした色合の服を着た福順《ボクスニ》が買い出したばかりの〃物品〃を整理していた。福順《ボクスニ》は挨拶がわりに大袈裟な身ぶりで「大変やわ」と〃物品〃を指差した。

高福順《コボクスニ》の亭主は狂信的な反共主義者で朝鮮戦争が勃発するや「ポルゲンイ（赤）やっつけなあかん」

といきまき「義勇軍」を志願した。もちろん、福順《ボクスニ》は「アイゴ、あんたが行っても小指の先ほども役立たんからやめときなげ」と説得したが、亭主の頭の中から妄想を取り払うことはできなかった。亭主は対馬島海峡《テマドッパダ》を越えたっきり再び猪飼野に戻って来なかった。

朝鮮戦争が休戦に入り世の中が一段落してから福順《ボクスニ》は〃ポッタリ〃で生計を立てるようになった。

〃ポッタリ〃とは韓国と日本国との為替レートの違いを利用した「闇商売」である。

福順《ボクスニ》が整理している〃物品〃は「闇商売」のタマというわけだ。栄春《ヨンチュニ》は福順《ボクスニ》の気軽な境遇を羨ましく思った。

「ほら、姐《ね》さん、吸《す》てみや」と福順《ボクスニ》は韓国製のタバコを差し出す。

「アイゴ、まだまだや、国のタバコは」。仁淑《インスギ》が口をはさんだ。

「チッチ、そんなこと言《ゆ》たら、姐《ね》さん、政治まだまだやしみんなまだまだ言《ゆ》ことなるで」

福順《ボクスニ》は納得できないという顔つきになった。

「姐《ね》さんのこれ」、仁淑《ヨンスギ》は親指を突き立てて見せ「国まだまだやから、おかしなことなったのと違うか」と付け足した。

「それもそやな」。福順《ボクスニ》は苦笑いする。

韓国製のタバコに火をつけて思いつめた表情で煙りを吐き出しながら栄春《ヨンチュニ》は仁淑《ヨンスギ》を見た。

仁淑《ヨンスギ》はからだをのりだして語りはじめる。

「姐《ね》さん、昌利なんやこの頃おかしし思わんかった？　変に機嫌はええわ仕事はチャッチャカするわで人間変わったみたいやげ。こない言《ゆ》たら姐《ね》さん気悪するかしれへんけど、昌利最初見習い来た時、精神どっかいってもてぬけがらやった。手は不器用やし短気やでほんま使いもんならん状態やったやげ。うちのこれも、（仁淑《インスギ》は例のように親指を突き立てた）何遍やめてしまえ言《ゆ》ことば喉まででかかったかしれん言《ゆ》てた。それが仕事チャッチャカやるわ、休み時間なったらケツフリダンスしてみんな笑わすわでそら大変やった」

たばこの煙りが目にしみたのか栄春《ヨンチュニ》は顔をしかめた。吸いさしのたばこはまだ半分ほど残っていたが栄春《ヨンチュニ》は無表情にもみけした。たまに「見習い住み込み」から〈トットナリ〉に帰って来る昌利は大学受験を失敗した当時の絶望と暗さの面影を漂わせていただけに仁淑《インスギ》がいま語ったところの昌利は別人のようであった。

福順《ボクスニ》が「闇商売」のついでに韓国で手に入れた高麗人参茶を栄春《ヨンチュニ》に持ってきた。

「姐《ね》さん、私にもサービスしてや」と仁淑《インスギ》が高麗人参茶をねだる。

「アイゴ、姐《ね》さんはさっき飲んだやげ」

福順《ボクスニ》は大袈裟に「これは意外や」とばかりの目付き《ヌンチ》で言う。

「ええからもう一杯飲ませてや。私にええことしてたらそのうちこれ（例の親指）見つけたるから」。

仁淑《インスギ》はニャッとした。

「おっさんはもうええわ。またポルゲンイがどのこので聞くの私厭や」

福順《ボクスニ》は「違うか」と栄春《ヨンチュニ》に相槌を求めた。栄春《ヨンチュニ》は相槌を打つ代わりに「姐《ね》さん、これ飲みや」と仁《イン》淑《スギ》に高麗人参茶を勧める。

「ええねん、姐《ね》さん、私いま言《ゆ》たこと冗談やから。私本当言《ゆ》たらコーヒ欲しやげ」

仁淑《インスギ》は福順《ボクスニ》を見て「姐《ね》さん、コーヒ一杯作ってきてや」と頼んだ。福順《ボクスニ》は「姐《ね》さんにかかったら仕様ないわ」と言いながら奥にひっこんだ。

「せっかくやから、姐《ね》さんこれ飲みや」

仁淑《インスギ》は高麗人参茶を栄春《ヨンチュニ》に押し戻して、いこいを一本取り出して火を付けた。

「やっぱしこっちのほうがうまいで、姐《ね》さん」と言って仁淑《インスギ》は栄春《ヨンチュニ》にいこいを勧める。栄春《ヨンチュニ》は首を横に振って高麗人参茶に手を伸ばした。

仁淑《インスギ》が吐き出したいこいの煙りはのどかにたゆたい板の間のひんやりとした空気に溶け込む。

仁淑《インスギ》は話を続けた。

「何も仕事チャッチャカすること悪いこと違うから、私はこれで昌利も一人前なるわ、そない思たやげ。それにしても、姐《ね》さん、昔から男変えるの女言《ゆ》けど、それほんまのことやな」

栄春《ヨンチュニ》は「女」という言葉に鋭く反応し眉間にしわを寄せた。仁淑《インスギ》はなにか言いたげな栄春《ヨンチュニ》の表情に一瞬言葉を繋ぐべきかどうかためらったが、構わず先を続けることにした。

「この前頼母子の件で新橋通り行ったんや、姐《ね》さん。新橋通りから帰る時言《ゆ》たら十時ぐらいやった。近鉄のガード下とこで私見たやげ、昌利が〝きもの〟着た女と腕組んで歩いているとこ。何処行くか私後つけてみた。そしたら姐《ね》さん、二人猪飼野橋渡って新地のほう行くから、夜遅いし家帰らなあかんしどないしょか思たけど、〃きもの〃着た女と腕組んで歩いてる昌利このまま見逃したら社長夫人としての私の立場なくなる思て、こうなったら新地やろと布施やろと何処でも行ったるわ、そない精神《チョンシン》決めた。

新地のほう行くか思たら二人パレス座の前立って映画の写真眺めてた。ほんで、次どするか私思てたら二人もっぺん新地のほう歩いていくから、そのまま真っ直ぐ行くか思たら、姐《ね》さん、あのチョルガン（寺）何言《ゆ》たかな。ほら、大友市場行く角にあるチョルガンで死んだ朝鮮人《チョソンサラム》の骨預かってるとこや」

「善光寺やげ、姐《ね》さん」。険しい顔つきで栄春《ヨンチュニ》は言った。

「そやげ」と言って仁淑《インスギ》はからだをのりだした。

「善光寺前のくぼんだとこで二人何してるかな思たら、姐《ね》さん、キスしてたやげ。私そらびっくりしたで」

「チッチ、汚いことしてからに」。栄春《ヨンチュニ》は憎しみのこもった声でつぶやく。

「二人キスしてるとこ見てる最中に、酔っ払いが私に絡んできてどない言《ゆ》た思う、姐《ね》さん。こない言《ゆ》たで、『ねえちゃん、一発やらせや』て。うちのおっさんにも最近一発やらせてないのになんであんな酔っ払いに一発やらせなあかんねん、なあ、姐《ね》さん。私よっぽど猪飼野中聞こえる声出して『ついてるもんとってしまうど』言《ゆ》たろか思た。そんなことしたら、昌利私そばにいてる言《ゆ》ことわかるからやめた。そやけど、なんか変な雰囲気感じてんやろな、二人大友市場のほう歩いて行った。私もそっちのほう行ことしたら、あほの酔っ払いがついてるもんとりだしてぶらんとさしたんや。そやから、私『風邪ひくからしもときや』言《ゆ》て二人の後追ったやげ」

「姐《ね》さん、〝きもの〟着た女どんな顔してた」

栄春は思いつめた表情を顔に張り付けて訊いた。

「それが姐《ね》さん、顔はっきりわからんかった。感じからして昌利より年上言《ゆ》ことは間違いないで」

「そか」と栄春《ヨンチュニ》は力なく言う。

「姐《ね》さん、昌利何処で〝きもの〟着た女と知りおてんやろ」。仁淑《インスギ》はいかにも不思議だといわんばかりに首をかしげる。

「それは私が聞きたいぐらいや、姐《ね》さん」

栄春《ヨンチュニ》はムッとする。

「飲み屋かどっかと違うか」と口をはさみながら福順《ポクスニ》がコーヒーを運んで来た。

「そんなところやろな」

仁淑《インスギ》はひとり大きくうなずいて、待ち兼ねたようにコーヒーに手を出した。

結局のところ、仁淑《インスギ》は朝鮮人会館を過ぎて大友市場の入り口あたりで二人の行方を見失った。昼間なら朝鮮市場ほどではないにしても、それなりに賑わいをみせる大友市場もさすがに深夜近くともなれば閑散として人影はない。尾行が失敗に終わって夜の通りに一人取り残された形になった仁淑《インスギ》は急に孤独感に襲われた。仁淑《インスギ》はしぼんだ風船のように意気消沈して家路についた。

「姐《ね》さん、その晩昌利姐《ね》さんとこ帰ってきたか」。一番のポイントはここだ、といわんばかりに栄春《ヨンチュニ》はコーヒーをすすっている仁淑《インスギ》に訊いた。

「それが姐《ね》さん、ようわからんやげ」

「ど言《ゆ》こと」。栄春《ヨンチュニ》の目付《ヌンチ》きは不満を表わしていた。もちろん、仁淑《インスギ》は栄春《ヨンチュニ》の目付《ヌンチ》きを気にする様子はない。それどころか、自分はやるだけのことはした、という満足感にひたっていた。

「姐《ね》さん、一遍昌利占いにみてもろたらどないや」。福順《ボクスニ》が〝ポッタリ〟のタマをあっちに動かしたりこっちに動かしたりしながら栄春《ヨンチュニ》にアドバイスした。

「そや、姐《ね》さん、占いがええ」。仁淑《インスギ》は福順《ボクスニ》に相槌を打つと残りのコーヒーを一気に飲み干した。高麗人参茶は栄春《ヨンチュニ》が唇をしめらせた分減っただけでそのまま残っていた。

一般に済州島の女は人生の屈曲に出会うごとに「占い」をしてもらう。「占い」はたいがい神房《シンバン》がやる。済州島の女たちはある特定の神房《シンバン》について「占い」をしてもらうが、どこそこに「ええシンバンいてるやげ」と聞きつければ「どこそこのええシンバン」に駆けつける。

栄春《ヨンチュニ》は福順《ボクスニ》の薦めで一条通りぞいの韓国人会館の裏に住む神房《シンバン》に昌利を占ってもらった。もちろん、昌利本人は不在で占ってもらうわけだ。「占い」の素材としては昌利の生年月日があれば足りる。

「一九三七年七月五日生まれの丑」

一九三七年といえば昌利の国はいまだ植民地統治下にあったばかりか、この年の十月に「皇国臣民ノ誓ヒ」が制定されている。

ヒトッス（一）、ワタシトモ（私共）ハ　タイニポンテコク（大日本帝国）ノ　シミン（臣民）テアリマステス。

フタッス（二）、ワタシトモハ　ココロヲアワセテ　テノヘカ（天皇陛下）ニ　チュキ（忠義）ヲツクシマステス。

ミッス（三）、ワタシトモハ　ニンニクタレツケ（忍苦鍛練）テ　リパ（立派）ナ　ツヨ（強）イコクミンナリマステス。

栄春《ヨンチュニ》が韓国人会館裏に住む神房《シンバン》に昌利の運勢を占ってもらった日から二週間後、昌利は松田産業を飛び出した。

ただちに、極秘裏に、その事実が栄春《ヨンチュニ》のもとにとどけられた。ついに来たるべきものが来たというふうに栄春《ヨンチュニ》はがく然とした。しかし、栄春《ヨンチュニ》は平静を装い元達五《ウォンダルオ》には昌利の「出奔」の「出」すら感ずかれないようにした。もちろん、昌利が「出奔」した噂が猪飼野中に広まらないように手を打つ冷静さも栄春《ヨンチュニ》にはあった。

栄春《ヨンチュニ》は猪飼野に遍在する「知り合い」に裏のルートで昌利の捜索を依頼した。とりわけ大友市場周辺の「知り合い」には仁淑《インスギ》の尾行の顚末を話して聞かせた。

いずれの「知り合い」も「まかしときや姐《ね》さん」と依頼を承諾した。昌利の居所は昌利が「出奔」した三日後に明らかになった。

なんのことはない、仁淑《インスギ》があの夜二人を目撃した原点である新橋通り南口手前の近鉄線ガード下に昌利はいた。ガード下といっても別に昌利は〝きもの〟を着た女とむしろにくるまって地べたに寝そべっていたわけではない。

近鉄線ガード下は猪飼野側から見て左は、公衆便所の入り口のような細い通路を抜けると奥には横穴式住居をほうふつとさせる原始的な家がひしめいていた。一方、猪飼野側から見て右は安っぽくて猥雑ではあったが、一応現代造りの飲み屋が軒を連ねていた。スナック「八重」はこうした飲み屋のうちの一軒だった。そして、〝きもの〟を着た女は「八重」のママというわけだった。

矢も楯もたまらず栄春《ヨンチュニ》は朝鮮市場に物を買いに行くふりをして平野運河を一直線に北上し栄橋筋を

右に折れて「八重」に乗り込んだ。

太陽の日差しに夜の暗闇を引き剝がされた「八重」は気だるさと戸惑いが混在した素顔をさらけだしていた。「八重」の入り口の前に仁王立ちした栄春《ヨンチュニ》の肩は怒りと興奮に打ち震え、市場籠を握りしめた手には汗が吹き出て、からだの芯は熱く煮えたぎっていた。

栄春《ヨンチュニ》が見上げた二階には歪んだ突き出しカンバンにぼろぎれがひっかかって風になびいていた。鶴橋方面から轟音を引きずって近鉄電車が通過すると歪んだ突き出しカンバンが激しく揺れ、ぼろぎれが奇妙にゆらめいた。

堅く閉ざされた二階の窓は日に陰ってちょうどサングラスを掛けた女の顔に見えた。鼻息も荒く栄《ヨン》春《チュニ》が陰って女の顔に見える二階の窓をにらみつけた時間はわずか二、三秒だったが、栄春《ヨンチュニ》には目もくらむほど長く感じられた。

不意に、自転車が激しくベルを鳴らしながら疾走してきて栄春《ヨンチュニ》の傍らで急停車した。

「ほらほら、おばちゃん、どいてや。そんなとこ立ってたら邪魔や」。頭にねじり鉢巻きの若者の声は威勢がよかった。栄春《ヨンチュニ》は一瞬たじろいだが、

「兄《に》ちゃん、なんや」と反撃に出る。

「見たらわかるやろ、おばちゃん。寿司の出前や。結構な身分やで昼間っから上にぎりやねんから」

出前持ちは愛想よく栄春《ヨンチュニ》に説明と世評を混ぜた受け答えをして「八重」の勝手口を開けた。勝手口といっても、それは二階の住居に続く戸口を兼用したものだ。

「毎度。八重のママさん、にぎり置いときまっせ」。出前持ちは豪華な器を上がり口に置くと敏捷にからだを翻して自転車に飛び乗った。

出前持ちが乱暴に閉じた戸は反動で僅かに開いた。栄春《ヨンチュニ》はかさぶたを引き剝がすような気持ちで何一つためらうことなく戸を引いた。昼の陽光が階段を浮かび上がらせた。それは粗末なアパートに見られるような変哲のない階段だった。手摺がなく壁はいたるところ塗料がはげおちていた。しかし、昼の陽光が届かない階段の中段から上は薄暗かった。

栄春《ヨンチュニ》はひからびた唇を堅く嚙み締めてひときわ薄暗くなった階段の踊り場を見詰めた。

心臓の鼓動が激しく波打った。

いまにも「八重のママ」が現われてきそうな気配がした。栄春《ヨンチュニ》は頭がぼうと霞んで、一瞬めまいを覚えた。「チッチ、精神しっかりしなげ」。栄春《ヨンチュニ》は自分に言い聞かせる。

楽しげな笑い声が聞こえてきた。栄春《ヨンチュニ》は眼前に置かれた寿司の器に目をやった。寿司の器は昼の陽光に鈍く光っていた。突然、寿司の器が栄春《ヨンチュニ》には公園のベンチにでも置き去りにされたような場違いな物に見えた。二階から聞こえる笑い声がひときわ高くなった。栄春《ヨンチュニ》は長い眠りから覚めた獅子のような形相で怒鳴った。

「昌利出てこい」。笑い声がぴたっとやみ、階上に緊張感がみなぎった。緊張感は薄暗い踊り場からするすると階段を滑り落ち、栄春《ヨンチュニ》のからだをこわばらせた。栄春《ヨンチュニ》は緊張の殻を打ち砕くように憤怒の塊を再び階上に投げつけた。

「昌利、何してるや。早よ出てこい。おまえのお母《か》さんが来てるやげ」

二階の戸が開き、落ち着いた足取りでゆっくりと階段を降りて来た八重のママは寿司の器に視線を落としたまま、

「あら、いつのまにきてたんやろ」とつぶやいた。しかし、そのつぶやきはかすかに震えているのが栄春《ヨンチュニ》にはわかった。

栄春《ヨンチュニ》は屈みこんで寿司の器に手を伸ばした相手の顔をじっと見た。小奇麗に化粧をしてはいても年増女であることは歴然としていた。また、小柄で肉付きはいいものの、丸顔で器量は取るに足らなかった。「なんで、こんなんに昌利が」と栄春《ヨンチュニ》は頭の中で後の言葉を継げないほど落胆した。落胆した反作用で憎しみが倍加した。

「昌利居てるやろ。ちゃんとわかってるど。なんもわからん息子触りやがって。昌利早よ出せ」

八重のママはうなだれて寿司の器に短い指をかけたっきり動かなかった。

「なんで黙ってる」。栄春《ヨンチュニ》はいまにも嚙みつかんばかりの形相だった。

「すんません」。八重のママは虚ろな眼差しでぼそっと言う。

「すんませんで済んだら言《ゆ》ことないわ」

栄春《ヨンチュニ》はにべもなくはねつけて、市場籠を二階に差し向けながら、

「昌利上に居てるな」と訊いた。八重のママがうなずくのを見た栄春《ヨンチュニ》は「連れて帰るど」と言うなり履物を脱ぎ捨てて上がり口に足を掛けた。コムシン（ゴム靴）のような厚手のソックスは糸屑だらけ

であった。

栄春《ヨンチュニ》が「八重」の二階に上がりこんだとき昌利は乱れた布団の裾で怯えた猫のようにうずくまっていた。

「アイゴ、汚いおめこにたぶらかされやがって」

吐き棄てるように言うなり栄春《ヨンチュニ》は昌利のからだを引きずり起こした。動転した昌利は、

「お母《か》ちゃん、なんもしてへん」と言い訳を空しく繰り返すのみだった。

栄春《ヨンチュニ》が階段の上がり口まで昌利を引きずり降ろしたところ、八重のママは依然と寿司の器に指を掛けたままじっとしていた。昌利が八重のママに救済の眼差しを向けているのに気がついた栄春《ヨンチュニ》は、

「チッチ、このあほが」と慨嘆した。

だから、いままさに「八重」から引き離される段になって、元家《ウォンチベ》の長男が〝きもの〟を着た女に未練たっぷりの声音で「また来るわな」と告げたとき、栄春《ヨンチュニ》は心底自分自身が情け無く思えた。

「何言《ゆ》てる、二度とおまえここ来てみ、あの女おめこでけんよにしたる」

がなりたておどかしてみたものの、空しさは胸の奥にぽっかりとできた。もっとも、その空しさに浸る余裕など栄春《ヨンチュニ》にはなかったが。

まあ、いずれにせよ、このような具合で昌利の「同棲事件」はケリが着いたわけだ。

元達五《ウォンダルオ》の死後、栄春《ヨンチュニ》はなにか切ない気持ちになると福順《ボクスニ》の家に行く習慣が身についた。

〃ポッタリ〃が仕事の福順《ボクスニ》は留守がちではあったが、居るときは栄春《ヨンチュニ》を歓迎した。

「姐《ね》さん、昌利またなにかしたか」。これが福順《ボクスニ》の挨拶であった。実際、栄春《ヨンチュニ》の痩せた胸の奥に巣くう要因の大半は昌利にあった。

「同棲事件」でいっとき松田産業を出奔したとはいえ、昌利はハンドバッグ口金製造の技術をそれなりにマスターして、元達五《ウォンダルオ》の死後「山本産業」を興した。そのために元家《ウォンチベ》では紳士服製造を廃業し全面的にハンドバッグ口金製造に転換した。

「山本産業」の従業員は栄春《ヨンチュニ》を筆頭に和子といった具合に家族が主流を占め、他に地方出の職人、〃どんぶりこ(密航)〃の職人が脇を固めた。

ちなみに昌利が屋号を「山本産業」としたのは「山本」姓が日本国で広く分布していることと「本」が元家《ウォンチベ》の「通名」である「元木」の「元」に掛かることで、対外的には「日本人性」を表出することができ、内には「通名」の面影を漂わせることができるという思惑からであったと思われる。

ともあれ、元家《ウォンチベ》挙げて「山本産業」に転換するにあたって、栄春《ヨンチュニ》は掛けたばかりの頼母子を落として事業資金にあてた。

どのような場合であっても、元家《ウォンチベ》ではまるで慣わしがあるかのように、結果的に借金は栄春《ヨンチュニ》が背負うことになる。「ついてるもんぶらさげてる」家長にしろ長男にしろ借金の矢面に立つことはなかった。

「姐《ね》さん、なんで私こんなチェス（運）ないねんやろ。昌利のお父《と》さん生きてるときは生きてるときで苦労ばっかしやったけど、昌利のお父《と》さん死んだ後も事情同《おんな》しやげ。なにひとつ変わってない」

栄春《ヨンチュニ》は溜め息をつき、虚ろな眼差しを天井の片隅に向ける。

「なにも姐《ね》さんだけチェスないと違うで。うちのおっさんどないやった。子供の一人もよ作らんと、行かんでもええのに〃ギュフェ（義勇兵）〃か〃イカフェ（いかの刺身）〃かなんやけったなもん入ってあの世かどの世か行ってしもてんから」

「姐《ね》さん、子供作ったぶんだけ苦労やげ」。栄春《ヨンチュニ》の表情は一層暗くなる。

「なに言《ゆ》てるの姐《ね》さんは。私みたい子供いてないもんから見たら、姐《ね》さんぜたく（贅沢）なこと言《ゆ》てる」

「チッチ、姐《ね》さんなんも事情わからんからそんなこと言《ゆ》える」

「どこでもそれなり事情あるで、姐《ね》さん」

「私とこ特別やげ」

「アイゴ、姐《ね》さん、自信たっぷりやな」

「私とこ事情世界で一番特別や」

「姐《ね》さんとこ事情大統領並み言《ゆ》ことやな」

「並み違う。姐《ね》さん、上や」

「チッチ、姐《ね》さん、見栄張ってから。上肉食べたことないのに」

「そやげ」

「ハッハハ」。栄春《ヨンチュニ》と福順《ボクスニ》は腹を抱えて哄笑した。

しかし、幸福な気持ちはまたたくまに消え去る。熟れた実が枝から落ちるように溜め息が栄春《ヨンチュニ》の口からもれた。

「姐《ね》さん、昌利なんであんな短気なんか私チョンマル（本当に）情け無い。今朝も見本で作らなぁかん口金思うよ作られへん言《ゆ》て、口金みんな居てるとこ前で叩きつけてどっか出て行ってしもたやげ。チッチ、とにかくなんか気に触ることあったら物投げつける。家族だけ仕事してるんやったら家族我慢したら済む問題やけど、職人さんいてる。それが私つらい。

どんぶりこしてきた職人さん同《おんな》し国の人間やからまだええけど、イルボンサラム（日本人）の職人さん私らチョソンサラム（朝鮮人）のやりかたこんなもんかて馬鹿にせへんか思たら、チョンマル、カスムアプゲ（胸痛い）や。そと違うか、姐《ね》さん」

「姐《ね》さんの言通《ゆと》りや」

「そやろ。私らいまさら国行って住む言《ゆ》ても住むとこないし仕事もない。そやから、日本居てるんやったらイルボンサラムに馬鹿にされん生活しなあかん。違うか、姐《ね》さん」

「ほんまやな」

「そやのにあの昌利言《ゆ》たら物投げることしか知らん。品物どないしたら奇麗仕上がるか言《ゆ》こと鼠のフンぐらいでも頭中《あたまなか》あったらええのに、ある言《ゆ》たら女のことだけやげ」

「昌利また同棲したか、姐《ね》さん」

「アイゴ、姐《ね》さん、私が一緒に居てるねんから同棲なんかさせへん。そやけど、昌利の頭中同棲してるも同《おんな》しや」

「それど言《ゆ》こと」

「頭中《あたまなか》に女居てる言《ゆ》ことやげ。なんせ、ちょっとでも早いとこ女のとこ行こ思て気がそわそわして仕事手につかへん。そやから、品物ぺケばっかし出す」

「昌利ついてるもんがぺケやな、姐《ね》さん」

「そやげ」


〈トットナリ〉界隈ばかりでなく大池橋周辺においても昌利のダンディ振りは有名だった。ひょろひょろとした長身にダークスーツを纏い胸ポケットには真っ赤な造花を差し込んだ上に頭は黒いハットで洒落ていた。もちろん、靴が見事なほどぴかぴかに磨きかけられていることは言うまでもない。

黄昏の暗闇に猪飼野が埋もれ、平野運河沿いの道が餓鬼やら鶏やらオートバイが混在した喧騒に満ちた頃、昌利は例のいでたちで現われる。

「あの昌利言《ゆ》たら、仕事中途半端したまま、まるでカス（歌手）かハユ（俳優）なった気分で女のとこ行く。あとに残った私はどないや言《ゆ》たら中途半端の仕事職人さんに言《ゆ》て最後までしてもらわなあかんわ、御飯の支度しなあかんわで、そら大変やで、姐《ね》さん」

福順《ボクスニ》は韓国タバコを取り出して栄春《ヨンチュニ》に勧めた。「コマッスダヤ（ありがとな）」と言って栄春《ヨンチュニ》は韓国タバコに火を点ける。

「姐《ね》さん、なにやで、人間苦しいことばかりと違うで。そのうちポック（福）来るやげ」

「姐《ね》さん、私の運《チェス》に限ってそんなことない」

「アイゴ、何言《ゆ》てるの。精神《チョンシン》しっかりもちなげ。人間先のことなんかわからへん。李ハルバン見てみや、大統領死ぬまでするか思たら学生が政治悪い言《ゆ》て騒いだんが原因なって大統領辞めてアメリカにボメイ（亡命）したん姐《ね》さんも知ってるやろ。そか思たら巽《たつみ》で豚飼ってた金ハルバンはどないや。パチンコに商売替えしてごっつトンポリ（金儲け）してるやげ」

「チッチ、姐《ね》さん、例にする人間私に合《お》てない」。栄春《ヨンチュニ》は苦笑し韓国タバコの煙りを吐き出して一服したのち話を継いだ。

「姐《ね》さん、私男やったらつけてるもんぶらさげてるだけの値打ちある運切り開けたかもしれへん」

「そやな、姐《ね》さん思いっきりがええ性質してるから、つけてるもんぶらさげて生まれてきてたら巽の金ハルバンみたいごっつトンポリして今頃済州島に別荘建ててるな、ハッハハ」

「そかな」

「姐《ね》さんやったらできてるて、私保証する」

つけてるもんぶらさげていたらという思いがタバコの煙りのようにはかないものであることぐらい栄春《ヨンチュニ》はわかっていた。わかってはいたが、つい自分はなぜついてるもんぶらさげて生まれてこなかったのか、運が悪いといえばそれまでだが、どうしても承服しきれない思いが胸の奥にわだかまり、ことあるごとに噴き出してくる。

しかし、いわば一種の「悟り」めいたものも栄春《ヨンチュニ》の観念にはあった。

「姐《ね》さん、つけてるもんぶらさげていたら言《ゆ》考え、なんで私済州島に生まれたんや言《ゆ》考えと同《おんな》しや。ちょど昌利なんで自分朝鮮人に生まれたんや言《ゆ》ことと同《おんな》しや。なんぼ言《ゆ》ても仕方ないことやげ」

「そやで、姐《ね》さん、私ら朝鮮人言《ゆ》ことハルラサン（漢拏山）隠すことでけへんと同《おんな》しで隠すことでけへん相談や。昌利そんなこともわからんのか、姐《ね》さん」。福順《ボクスニ》は興奮気味に訊いた。

「わかってたら苦労せへんがな」。栄春《ヨンチュニ》は冷静に答えた。

「きつ言《ゆ》たらどないや」

「きつ言《ゆ》ても漏れた風呂なるだけや」

「湯《ゆ》足らん思いする言《ゆ》ことか、姐《ね》さん」

「マッスダゲ（当たり）」

「アイゴ、姐《ね》さん、漫才やな、ハッハハ」

栄春《ヨンチュニ》は韓国タバコを灰皿の底に押し付けてもみ消すと、まるで玄関のガラス戸からもれる淡い光に溶け込んでいくような穏やかな表情になった。

　朝鮮市場の賑わいが清冽な小川のせせらぎのように微かに伝わってくる。異国の時間の流れが逆流し朝鮮市場の賑わいを懐にためて対馬《テマ》島海峡《ドッパダ》を越え済州島に回帰する幻影がたゆたう。ヨンチュナ（栄春や）クドック（揺り籠）アサダンカンオラゲ（持ってこい）。漢拏山の麓に露出する玄武岩を踏んで子守歌を口ずさむ光景が明滅する。すすきの原を駆け巡り高乙那《コウルナ》、梁乙那《ヤンウルナ》、夫乙那《プウルナ》の三神《サムシン》が現われたと伝えられる三穴《サムヒョル》に遊んだ足跡が化石になる。澄んだ空に神木がそびえ神房《シンバン》の舞いが吹きつける潮風に溶け込み結晶する。

　切なく慌ただしい日常を生きる栄春《ヨンチュニ》が心象風景に埋もれていた時間は極めて微小だった。感傷とか郷愁にひたる贅沢は高級品を買う贅沢同様栄春《ヨンチュニ》には縁がなかった。

　悲しいほど「現実」に密着した感性の突然の震えによって栄春《ヨンチュニ》は異国の時間に戻った。

「姐《ね》さん、今何時なる」。不安な眼差しで栄春《ヨンチュニ》は訊いた。

「ゆっくりしたらええや、姐《ね》さん」。おおらかな表情で福順《ボクスニ》は言う。

「そんな言《ゆ》ても仕事あるやげ」

「チッチ、姐《ね》さんの人生考えたらちょっと待つぐらい仕事文句言《ゆ》わん」

「仕事文句言《ゆ》わんでも昌利文句言《ゆ》から」

「昌利の文句で姐《ね》さんのからだシンギサン（信貴山）まで飛んでいくか」
「私のからだ生駒山みたい動かんけど品物が飛んでいくやげ」
「アイゴ」と言ったきり絶句した福順《ボクスニ》は大袈裟な身振りで慨嘆した。

当たってほしいと思う宝くじは外れて、当たってほしくないと思う予感はきっちり当たるというのが人世かもしれない。不安な予感がこれほど見事に当たるとは栄春《ヨンチュニ》自身も実際のところ驚きだった。なにせ「山本産業」は事業を興した年から赤字が累積し、いっこうに好転するきざしが見えない。昌利は相変わらず品物は投げるわ御膳はひっくり返すわで、短気が爆発するに任せていた。借金の矢面に立つ栄春《ヨンチュニ》は支払うべき利子が滞りがちなのは自分さえ頼母子の「親」に頭を下げて謝ればどうにかなった。もちろん、肩身の狭い思いで猪飼野の街を歩かなければならなかったが。そのことは祖先様《チョサンニム》の血筋がいいと信じる栄春《ヨンチュニ》には耐え難い屈辱であることは間違いなかった。しかし、家族と職人に食べさせる御飯のおかず代が工面できずに空を仰ぐ空しさに比べれば生駒山と勝山ほどの違いがある。

この日も栄春《ヨンチュニ》は昼御飯のおかず代をどのように捻出したらいいものか思案にくれた。冷え切った炊事場の土間に立った栄春《ヨンチュニ》はおかずになりそうなものを物色した。形ばかりでもおかずになりそうなものは鼠のフンほどもなかった。頭の中が「おかず代」の観念で目一杯詰まった栄春《ヨンチュニ》はそうすることであたかもおかず代が湧き出てくるかのように市場籠の取っ手に手をかけた。古びた市場籠の底には折れ曲がったサービス券がこびりついているのみだった。奇跡はもちろん起こらなかった。

「アイゴ、どしたらええや」。深い溜め息と共に切ない塊が痩せた胸の内奥から吹き出し喉元を圧迫した。

炊事場の土間は仕事場と同一平面にあったので、栄春《ヨンチュニ》は晒されているのも同然だった。栄春《ヨンチュニ》はいまにも堰切ろうとする嗚咽を必死に飲み込んだ。

末娘の和子が小型プレスを動かす手を止めてけげんそうに栄春《ヨンチュニ》を見た。

和子は栄春に似て痩せぎすで突き出た頬骨は一見神経質な印象をあたえるが、実際のところは竹を割ったようにあっさりとしてこだわりのない性質だった。中学校の行き帰りにひとりごとでシンデレラを演じていたあどけなさがオカッパ頭に残っている。

栄春《ヨンチュニ》は思い悩んだあげく最後の切り札を出すような気分で和子を見た。

「カスコ、ちょっと来いや」。栄春《ヨンチュニ》はぐっと声を押さえて言った。和子は手についた油を油まみれのエプロンで擦りとりながら土間に来た。

「なんやのお母《か》ちゃん」。和子は無邪気に言った。栄春《ヨンチュニ》は和子の突き出た頬骨についた油を見詰めて一気に、

「カスコお金なんぼある」と訊いた。不意を突かれて和子は唖然とした。

「お母《か》ちゃん私なんぼこずかいもろてるか知ってるやろ」。和子は強い語調で半ば詰《なじ》るように言った後、栄春《ヨンチュニ》が手にしていた市場籠に気がつき、はっとして、

「お母《か》ちゃん市場行くお金……」と訊いた。

「そやげ」。栄春《ヨンチュニ》は力なくうなずいた。

「なんで昌利兄ちゃんにもらわへんの」

栄春《ヨンチュニ》には容易に想像できた。「おかず代ないけど」と控え目に催促したとしても昌利の眉間に「いらち」の筋が走り、唇は今にも吐き出される錐のような言葉を予感させる具合にひきつる独特の表情を。栄春《ヨンチュニ》は中型プレスで作業する昌利の横顔を見た。元達五《ウオンダルオ》よりは栄春《ヨンチュニ》に顔が似た昌利の心は栄春《ヨンチュニ》自身摑みきれないで当惑するばかりだった。

鈍重なはずみ車がからからと回転する中型プレスは昌利がペダルを踏むと金型がすとんと落下する。その瞬間の衝撃音は元家《ウオンチベ》の床全体を揺るがせた。

「そやな、お前の金当てにするこのお母《か》さんの頭どないかしてるやげ」。栄春《ヨンチュニ》はひからびた手で仕事に戻れと合図した。

もういいと相手が引けば、気になって出たくなるのが人情というものだろう。和子はなにか素晴らしいアイデアを披瀝するように、

「お母《か》ちゃん、貯金箱割ってなんぼあるかみてみよか」と言った。

栄春《ヨンチュニ》は胸の芯が熱くなるのを感じた。化粧台代わりの蜜柑箱に安物クリームとか化粧水のビンがまばらに置かれた隅に家の形の貯金箱があった。「せっかくためた金やねんからええ」という言葉が喉元からポタリとこぼれ落ちそうになった。栄春《ヨンチュニ》は辛うじてその言葉を飲み込んだ。

「そか悪いな」。栄春《ヨンチュニ》の複雑な表情に悲哀の翳《かげり》がさした。

「気にせんでええて。そのうち返してくれたらええねん」。にこやかな顔つきで和子は言う。

栄春《ヨンチュニ》は遠ざかる和子のまだ未熟な体つきを眺めながら「チッチ、カワソ(可哀相)に」と頭を振った。和子の未熟なからだに昌利の横顔が見え隠れした。「おまえが精神しっかりしなウォンチベ滅ぶやげ」この思いが昌利に伝わってくれたらという願いをこめて栄春《ヨンチュニ》は昌利を見詰めた。昌利の横顔が和子のからだにすっぽり覆われて消えたと思うと、罵声が聞こえた。

「なにうろちょろしとる」。こちらに向けられた昌利の顔には「いらち」の筋が深く刻まれていた。

和子はびくついたが立ち止まることはなかった。しかし、びくつきがそのまま歩きかたに伝播した。和子はぎこちない歩きかたで昌利の背後を遠巻きにして階段に近づいた。昌利は首をレーダーのように回転させて和子をにらみつけた。

「どこ行くねん」

昌利の怒気をはらんだ言葉にぴょんと跳ねて和子は一気に階段を駆けあがった。しかし、ものの二分もしない内に和子は目を真っ赤にして降りて来た。

「なんで泣いてんねん」。昌利が「けったいな奴や」といわんばかりの顔つきで訊いた。和子の口からは嗚咽だけがもれた。

「泣いてるだけやったらわからんやろ」。昌利の顔に刻まれた「いらち」の筋が浮き上がった。それでも和子は悲劇のヒロインになった気分で孤独の世界に閉じ籠もって涙が頬を伝わるにまかせていた。

異変を感じた栄春《ヨンチュニ》は市場籠を持ったまま和子に近づいた。昌利の横顔が視野の中に大きくなるにつれて中型プレスのはずみ車のカラカラと回る鈍い音が栄春《ヨンチュニ》のからだの芯を震わせる。昌利のちょうど真後ろにたたずんだ栄春《ヨンチュニ》は、

「どないした、カスコ」と訊いた。和子は相変わらず悲劇のヒロインになった気分に浸っていた。栄《ヨン》春《チュニ》は頭の片隅にピリッと予感するものがあった。

「カスコ、ないのか」

その言葉にまるで呪文が解けたように和子は口を開いた。

「哲明がとったんやわ」

「哲明が何とりよってん」。昌利が和子をにらんで訊いた。

「私がためてたお金に決まってるやんか」

「なんで哲明がとったてわかるんや」

「この前哲明私に高校の問題集買うからお金くれてせがんでた。私が無い言うたら、貯金箱に金入ってるやんかて、とにかくしつこかったわ。それでも私貯金箱のお金駄目やて言うたら、ほんだらとったる言うてた」

「チッチ、哲明の奴が」。栄春《ヨンチュニ》ははらわたをしぼりだすようにうなった。

「哲明が盗っていくのわかってたら隠しとったらよかったやんけ」

うなだれていた和子が昌利を正視して言い返した。

「昌利兄ちゃんが問題集買うお金哲明にあげてたら私の貯金箱無事やってんわ」

「勉強もせえへん奴に金やってどないすんねん」。そんな自明なこともわからんのかという目で昌利は和子を見た。和子は抗弁する言葉が見つからずに立ち往生した。

栄春《ヨンチュニ》は半ばどさくさに紛れて昌利に声をかけた。

「なんぼか金ないか」

昌利の頭がレーダーのように回転して栄春《ヨンチュニ》の正面で静止した。昌利の目は明らかに栄春《ヨンチュニ》のひからびた手に握られた市場籠をとらえたはずだった。しかし、昌利の口から出た言葉は、「なにすんねん」だった。

「おかず代に決まってるやげ」。栄春《ヨンチュニ》はぼそっと言った。昌利は悲哀の翳《かげり》がさした栄春《ヨンチュニ》の表情を叩き潰すような口調で突き放した。

「知るか」

心身が空っぽの市場籠のように虚ろな栄春《ヨンチュニ》は半ば夢遊病者の足取りで猪飼野の路地を歩いた。頭の中に「おかず代」の観念が癌細胞のように増殖した。もはや質草に価するものもない。薄汚れた財布の中には何枚かの質札が薬莢のように残っているのみだった。

「おかず代」の観念が詰まった栄春《ヨンチュニ》の頭の片隅に大池橋の「丸和」の質札に変わった質草が明滅する。朝鮮戦争が勃発する前年朝鮮市場の民族衣裳店であつらえたチマ・チョゴリ、〝君が代丸〟に乗船して渡航する直前祖母《ハルマン》がくれたべっこうのかんざし《ピニョ》、ひょんな拍子で元達五《ウォンダルオ》が余りものの生地で器用に作ってくれた婦人服、ハンドバッグ口金製造に転換した後も保管してあった工業用アイロンと下ばり道具、どうでもいいような安物の指輪。

あるときハプニングがあった。

婦人服を風呂敷に包んで大池橋の信号を渡り大池市場、大阪興銀と過ぎた後、難波寺の角を折れた先で栄春《ヨンチュニ》は意外にも末っ子《マンネイ》の憲一を目撃した。憲一は友達と「丸和」の前でべったんに興じていた。栄春《ヨンチュニ》の顔が一瞬引きつった。栄春《ヨンチュニ》は手に持った風呂敷包みがなにか罪を象徴しているかのようにうしろめたさを感じた。憲一と目が合った栄春《ヨンチュニ》の顔にぎこちない笑顔が張り付いた。栄春《ヨンチュニ》はとっさに顔をそらしたばかりでなく、歩く向きも変えた。

さまよえる旅人《ナグネ》のように猪飼野の狭い路地をさすらい長女の通子が嫁入り《シジプカン》したヘップサンダルメーカーの「ミラクル化学」の前も過《よぎ》った。栄春《ヨンチュニ》の麻痺した感覚は一切の音と色をとりこぼした。

糊引きした生地を裁断する鈍重な金属音、薄茶色に色あせた板塀に貼られた「祖国帰還」の白いビラ、ヘップの上部《アッパー》と底《ソール》を圧着する空気圧縮機《エアーコンプレッサー》の音、焦げ茶色の電信柱に巻きつけられた「住民票要」明記の不動産広告、ボーリング機の脳天に突き刺さるような高い金属音、駄菓子屋の軒先に吊られた白いなわとび、飴色ゴム、赤い紙ふうせん、ねじきり機の皮を剝ぐような音、油とほこりにまみれた灰色の路地いっぱいにせりだしたあずき色の家の窓から垂れ下がった韓式の艶やかな布団、プラスチック射出成型機の緩慢な音、あなぐらのような暗い物置きに堆《うずたか》く積まれた廃品回収のただれた肌色のダンボール、ヘップの「なかじき」をミシン加工する連打音、紺地ののれんをつりさげた酒屋の店先に無造作に置かれた瓶の割れた破片が日差しに反射する銀色のきらめき、内職場から内職場へと駆け回るオートバイの排気音、小学校の土色したブロック塀沿いに設置された簡易物干し台に吊された白い肌着、黒いスリップ、花柄パンティー、粉砕機がプラスチックの塊をかみくだく乾いた硬質の金属音、苛立ちを爆発させたどなり声、点滅する信号燈の黄色、白い雲がたなびく空高くそびえたゴム工場の煙突から吐き出される黒い煙り。

麻痺した感覚は栄春《ヨンチュニ》が朝鮮市場を折れて福順《ボクスニ》の家まであと一、二歩というあたりに来たところで不意に鳴り響いた銅鑼の音で現実に戻った。銅鑼の音は路地の奥まった所から空気を割って押し寄せ栄《ヨン》春《チュニ》のからだを震わせた。奥まった左手の家の軒先には先端には白い布を捲き付けた竹竿が狭い空に向けて突き出ていた。栄春《ヨンチュニ》の頭の芯にとぐろを巻いた「おかず代」の観念のひだから元達五《ウォンダルオ》の不在が忽然と知覚された。栄春《ヨンチュニ》は手に持った空っぽの市場籠に目に落としてつぶやいた。

「アイゴ、先に死んだもんが幸せやげ」


枯れた木立ちのように古い新聞紙が散らかった〈トットナリ〉の二階の部屋で栄春《ヨンチュニ》はハンドバッグの口金に合成樹脂の装飾板を固定する作業をしていた。

口金にはビス穴が三個所穿ってあり、装飾板の裏と口金の表をつらいち（面一）になるように貼り合わせた後、ピンセットでつまみあげた微小なネジをビス穴にあてその頭に電気ゴテを押しつける。高温の電気ゴテから熱がネジに伝導され装飾板の局部が溶解する。しかし、溶解した局部はまたたくまに固まる。

この作業は単純だがひとりで処理しようと思えば安定が悪くて能率が低下する。能率の向上を計るためにはどうしても補助が要った。栄春《ヨンチュニ》は憲一が学校から戻るのを待つ。いつものことながら憲一はなかなか姿を現わさない。

電気ゴテに上体を乗せてこの日何百本目かのネジを押しつけたとき、栄春《ヨンチュニ》はからだのバランスを失なった。熱い電気ゴテの先が左手の甲を直撃した。とっさに栄春《ヨンチュニ》は電気ゴテを放りだした。骨張ってひからびた手の甲の親指の付け根が赤く脹れあがった。栄春《ヨンチュニ》は乾いた唇にやけどの部分を当て舌の先で犬のように嘗めながら、ポケットから洟汁がこびりついたガーゼを取り出し歯で半分に引き裂きヒリヒリと痛む部分を巻いた。栄春《ヨンチュニ》は何事もなかったかのように電気ゴテを持ち直して作業を続行した。潜水していた泳ぎ手が息をつくために水面に浮上するように栄春《ヨンチュニ》は顔を上げた。窓から差し込む光は散らかった新聞紙の表層を軽く撫でる程度に弱くなっていた。黄昏を告げる豆腐売りの鐘の音が運河のあたりからカランカランと響いてきた。

単純作業に没頭していて空白だった栄春《ヨンチュニ》の頭の中に忽然と「おかず代」の観念が浮上した。確実に巡ってくる「御飯」というものを栄春《ヨンチュニ》は呪った。「御飯なしで生きていけたら幸せやげ」と栄春《ヨンチュニ》は思った。「御飯なしで生きていけたら」当然のことながら「御飯の支度せんでええ」わけだった。とすれば昌利に「なんぼかあるか」と訊く必要もない。

「おかず代」の観念につかれた上に慢性的な疲労と空腹にさいなまれた栄春《ヨンチュニ》は模造紙を貼りつけた蜜柑箱に置かれた元達五《ウォンダルオ》の遺影に供えた御飯をぼんやりと眺めた。

「おかず代」がなくても祭祀《チェサ》の供え物を供える精神で栄春《ヨンチュニ》は遺影に御飯を供えた。「生きてるもんの務めやげ」という思いが栄春《ヨンチュニ》のからだの芯までしみこんでいた。それは猪飼野に遍在する済州島人《チェジュッサラム》と同じ思考を持つ栄春《ヨンチュニ》にしてみれば天地が倒立しても「せなあかん」儀式だった。

遺影に供えた御飯を眺める栄春《ヨンチュニ》の頭の芯に奇妙な幻影がちらつく。

回転木馬のようにぐるぐると回る朝鮮市場の店先から次々と豚足《トッパリ》、明太《メンテ》、ちしゃ《プル》、大腸《テッチャン》、太刀魚《カルチ》、刺身《フェ》といった食べ物が飛び出してくるかと思えば、盛られた御飯に紙幣が突き立てられた真鍮の器が魔法のじゅうたんのように浮遊した。

　階下から耳慣れた頼母子の〈親〉の威圧的な声が聞こえた。奇妙な幻影は粉々に割れて消えた。電気ゴテの差し込みプラグをコンセントから引き抜くと、栄春《ヨンチュニ》は追い詰められた逃亡者が投降するような気分で階段を降りた。

　粗末な階段は軽量の栄春《ヨンチュニ》が降りても今にも壊れそうにきしんだ。いっそのこと階段が壊れてまっさかさまに奈落の底に落ちたほうが栄春《ヨンチュニ》には幸福であったかもしれない。

　龍頭岩の一部が化身したかと思われるほどがっちりした骨格の頼母子の〈親〉はつい今しがた社交場から出てきたばかりといった具合に派手なチマ・チョゴリを着てプラチナ台のダイヤの指輪をしていた。人が集まればさも得意げに「うちのおっさんサンノム（常民）やけど、私はクワンサンキムシ（光山金氏）でれっきとしたヤンバン（両班）の出やげ。そこらにある血筋とは上の穴と下の穴ほど違う」と自己を披瀝してはばからない頼母子の〈親〉は金銭上のトラブルがなければそれなりに愉快な「姐《ね》さん」であることは栄春《ヨンチュニ》自身よくわかっていた。しかし、今は対立する関係にあった。「チッチ、悲しいことや」と栄春《ヨンチュニ》は思った。

　さて、それまで怒りをぶつけてはみたものの馬の耳に念仏といった具合に何等の反応も示さない元《ウオン》家《チベ》の長男にいい加減頭にきていた頼母子の〈親〉は目当ての栄春《ヨンチュニ》が現われたので、「アイゴ、姐《ね》さんええとこに来た」とまずは安堵の溜め息をついた。

しかし、安堵の溜め息はすぐに憤怒の溜め息に変わり、頼母子の〈親〉は韓式模様の絹袋を振り上げてまくしたてた。

「一体姐《ね》さんどんな考えしてるや。頼母子の金食って猪飼野歩ける思てるの。とんでもないで。私黙ってても巽のコムコンジャン（ゴム工場）の姐《ね》さん等黙ってないで。姐《ね》さんも知ってるやろ、勝山公園裏に住んでたパンヒどないなったか。パンヒ言《ゆ》たら姐《ね》さんみたい頼母子の金食った罰言《ゆ》ことで巽のコムコンジャンの姐《ね》さん等パンヒ裸にしておめこの穴コッチュ（唐辛子）詰めたやげ。このままやったら姐《ね》さんパンヒみたいなるで。女がそんなことされて生きていけるか、姐《ね》さん」

「死んでもええ思てるやげ」

栄春《ヨンチュニ》の語調には感傷はなかった。むしろ淡々としていた。頼母子の〈親〉は「そらないで」といわんばかりの気弱な顔つきになって人生訓を垂れた。

「何言《ゆ》てるの、姐《ね》さん。頼母子の金食って死んだらええ死にかたせえへん」

「死ぬのにええ死にかたも悪い死にかたもない」

もっとも、栄春《ヨンチュニ》の本心は同じ死ぬなら借りを返して奇麗な心でということではあったが。栄春《ヨンチュニ》は傍らの中型プレスで何事もないように作業する昌利を当てにしていたのではもはや悪い死にかたにしろ死ぬしかないと確信に近いものを感じた。「チッチ、なんで女に生まれたや」と悔しさが頭の芯で蛇のようにくねる。

「ついてるもんつけて生まれたら自分の力でええパルチャ（八字）掴んでたやげ。穴持って生まれてきたばっかしに生きてても死んでるより情け無い立場なってしもた」と頭の中に運命論が詰まった栄《ヨン》春《チュニ》は頼母子の〈親〉の頭上に張られたクモの巣に掛かった小さい虫を見た。

視線を上方に固定した栄春《ヨンチュニ》に苛立ちを覚えた頼母子の〈親〉はヒステリックに威嚇した。

「姐《ね》さん、今晩でも巽のコムコンジャンの姐《ね》さん等やってきたらどないする」

何処に潜んでいたのか突然視野に飛び込んできた哲明は獣じみたうなり声を発して頼母子の〈親〉に突進した。

「アイゴ、何するや」

仰むけにひっくり返った頼母子の〈親〉に馬乗りになって哲明はわめいた。

「ええかお母《か》ちゃんにへたなことしてみ、お前のおめこ火薬詰めて爆発させたる。ほんまやど。巽のコムコンジャンのおばはんら来てみ庖丁でみな刺したる」

とっさの出来事に唖然とした栄春《ヨンチュニ》は次の瞬間野性的な跳躍力で飛び、哲明を引きずり倒した。

「なんでやお母《か》ちゃん」。悲痛な声で哲明は叫んだ。

「あほと違うか、お前は、この姐《ね》さん当り前のこと言《ゆ》ってるだけや。落とした頼母子の金返されへんねんから何言《ゆ》われても仕方ないやげ」

栄春《ヨンチュニ》が哲明を叱責している間に起き上がった頼母子の〈親〉は栄春《ヨンチュニ》に襟首を摑まれて動きを封じられた哲明の鼻柱に頭突き《パッチギ》した。哲明は断末魔の絶叫を上げてのたうちまわる。頼母子の〈親〉はしばらくぼうぜんと立ち尽くしていたが、はっと気がついたように、

「アイゴ、どないしたらええ」とうろたえた。

鼻血を出してのたちうまわる哲明を押さえつけた栄春は「じっとしてなげ」と一喝して洟汁がこびりついたガーゼを哲明の鼻腔に詰めた。立ち上がった哲明は頼母子の〈親〉に飛びかかろうとした。しかし、栄春《ヨンチュニ》に阻まれた。

「お前が暴れたらそのぶんこのお母《か》さんの恥言《ゆ》ことわからんのか」。栄春《ヨンチュニ》はありったけの力をふりしぼって諭す。

「くそっ」と哲明は鼻腔に詰められたガーゼを引き抜いて頼母子の〈親〉に投げつけた。たっぷり血を含んだガーゼは頼母子の〈親〉に見事命中した。華麗な花柄模様の白地のチマに真っ赤な血がついた。

「アイゴ、どないしてくれるや。このチマの生地直接韓国から取り寄せたもんやで。朝鮮市場行っても鶴橋行ってもどの店も置いてない生地やど」。頼母子の〈親〉は悲痛な声で叫んだ。

韓国にあって朝鮮市場にも鶴橋にもないものはない。頼母子の〈親〉が見栄を張っているとわかっていても今の栄春《ヨンチュニ》は「何姐《ね》さんおかしなこと言《ゆ》てるの」と揶揄《やゆ》できる立場ではなかった。それどころか行き掛かり上栄春《ヨンチュニ》自身も見栄を張るほかなかった。

「姐《ね》さん、私なんとかする」

「チッチ、姐《ね》さん頼母子の金も返されへんのに何が私なんとかするや」

「そしたら姐《ね》さん、許してくれる言《ゆ》の」

「うっ」と一瞬頼母子の〈親〉は絶句した。

「姐《ね》さん、本当のこと言たら、このチマの生地大統領の嫁さん着てるチマの生地と同《おんな》じもんやげ。こない言《ゆ》たら私のチマどれだけ高いかわかるやろ。そんな高いチマ姐《ね》さんの息子血つけてんから」

「それやったら、姐《ね》さん、そんな高いもん着て私とこ来るのが間違いやげ」

「天王寺居てるクナボジ（伯父）とこチョコンノマ（末息子）東海倶楽部で結婚式挙げたから私ええ服着てるし、ポラゲ（見てみ）、タイヤモント指輪してるや」。頼母子の〈親〉は誇らしげにごつごつとした指にはめられたプラチナ台のダイヤモンドを見せびらかした。栄春《ヨンチュニ》は無感動に指輪を眺めた。

頼母子の〈親〉は表情ひとつ変えない栄春《ヨンチュニ》に苛立ち、「なんでびっくりせえへんね」といわんばかりに自尊心を傷つけられたような顔つきになった。


玄関の狭い空間で発生し今も継続しているハプニングをまるでよそごとのように無関心でいた昌利が手にハンドバッグ口金の素材を持ったまま「クック」と笑いだした。

「このチマの生地は大統領の嫁さんが着てるチマと同じものなの。ほら、ダイヤモンドの指輪も見てちょうだい」

昌利はケツ振りダンスをしながら頼母子の〈親〉の言い種をもじってからかう。頼母子の〈親〉は世にも不思議な生き物に出会ったようにショックを受けからだをぶるぶると震わせた。

昌利のユーモラスな奇行は人から聞いて知っている程度の栄春《ヨンチュニ》はそれをまのあたりにしたのははじめてだった。くすぐったい感覚に栄春《ヨンチュニ》はからだをよじる。

龍頭岩の一部が化身したようなからだをぶるぶると震わせていた頼母子の〈親〉はからかわれた腹癒せに昌利を間接的に攻撃した。

「姐《ね》さんとこのクンノマ（長男）ピョンシン（異常）やったか。アイゴ、カワソ（可哀相）に。セガッシ（嫁）もらわれへん」

「姐《ね》さんにセガッシ世話してもらう言《ゆ》てない。自分の息子のセガッシぐらい自分で探す」

栄春《ヨンチュニ》は頼母子の〈親〉をキッとにらんで言った。

「おれ朝鮮のこ（娘）とは結婚せえへんで」

栄春《ヨンチュニ》を援護するどころか突き飛ばす具合に昌利は自己の結婚観を告げた。栄春《ヨンチュニ》のからだの表層にたゆたっていたくすぐったい感覚が消えた。すとんと足下をすくわれて全身から気力が抜けていくようだった。

「朝鮮人が朝鮮のセガッシもらわんとどないするや」。いましがた厭味を言ったばかりの頼母子の〈親〉がさながら仲人《チュンシンネビ》気取りで昌利に説教する。

頼母子の〈親〉が自分の思いを代弁してくれたようで複雑な気持ちになった栄春《ヨンチュニ》は昌利の顔を見た。ケツ振りダンスの余韻が昌利の目許ににやけた形で残っていた。とても錐で突き刺すような言葉を吐く表情には見えない。愛敬で悪戯っぽい冗談を口にしたように見える。しかし、胸の奥から昌利の言葉は投げ付けられたことを栄春《ヨンチュニ》は痛いほどわかっていた。なんとかしなければという切羽詰まった思いをからだにみなぎらせて栄春《ヨンチュニ》は昌利の結婚観を覆そうと試みた。

「長男のお前がそんなこと言《ゆ》てたらウォンチベ滅んでしまうど」

「それで滅ぶぐらいやったら滅んだらええ」

蝿でも捻り潰すような口調で昌利は言いきった。

「アイゴ」。栄春《ヨンチュニ》は絶句した。


「まあ、そ言《ゆ》ことやげ」

いつものように胸の痛みを福順《ボクスニ》と仁淑《インスギ》に語って精神がいくぶん浄化された栄春《ヨンチュニ》は韓国産の高級高麗人参茶をすすった。エキスがからだの芯にしみわたる。栄春《ヨンチュニ》は鼠のフン程度ではあったが確かな「生」の実感を得る。福順《ボクスニ》と仁淑《インスギ》のやりとりも心地よかった。

「姐《ね》さん、頼母子の〈親〉のおっさんチョンニョン（総連）言《ゆ》の知ってるやろ。頼母子の〈親〉おっさんがサンノムやからペルゲンイ（赤）なった言《ゆ》てる。頼母子の〈親〉なんやかや言《ゆ》て自分のおっさんのこと悪言《ゆ》てから、ほんでなんでおっさん喧嘩のひとつもせえへんか言《ゆ》たらおっさんがおっとりしてるからやげ。おっさんがカワソや」。仁淑《インスギ》が興奮気味に話す。

「姐《ね》さん、頼母子の〈親〉のおっさんに惚れたのと違うか、ハッハ」。福順《ボクスニ》が愉快に笑う。

「チッチ、なんで私がペルゲンイに惚れなあかん」

「そんなこと言《ゆ》てえのか、姐《ね》さん。姐《ね》さんのおっさんもチョンニョンやのに」

「そやげ、それや、私が腹立つのは。姐《ね》さんのおっさんは姐《ね》さんが止めとけ言《ゆ》のにギュフェ（義勇兵）入ってしまうし、うちのおっさんは私が止めとけ言《ゆ》のも聞かんとペルゲンイなってしまうわで、チョンマル（本当に）男言《ゆ》たら勝手なもんやげ」

いかにも憤懣やるかたないといった口ぶりの仁淑《インスギ》は勢いに乗って、

「昌利、チョンニョン入ってないやろな、姐《ね》さん」と栄春《ヨンチュニ》に訊いた。

「昌利の頭中入ってるの女考えだけやげ。女考え取ってくれるのやったらチョンニョンでもなんでもええ思てる」。栄春《ヨンチュニ》は淡々と言った。

「アイゴ、姐《ね》さん、ムソウン（恐ろしい）考え持ってるな。ペルゲンイなってみ、国行かれへんなる。そと違うか」。仁淑《インスギ》は福順《ポクスニ》に相槌を求めた。

「国行ってるもんでも腹の中ペルゲンイなんぼでもいてるで」

「チッチ、話ややこしするな、姐《ね》さん」

「本当のこと言《ゆ》てる」

「姐《ね》さん、ポッタリやっててそんなこと国で言《ゆ》たらチャバ（逮捕）されるのと違うか」

「プサン（釜山）行ってみ、姐《ね》さん、ペルゲンイのビラ道落ちてるで」

「ほんまか」

「姐《ね》さんに嘘言《ゆ》てどないする」

「また戦争起きる知らせと違うか」

「それはないで、姐《ね》さん。今度戦争したら国ミョルマン（滅亡）やげ」

「ウォンチべ滅びる話どころと違うな」

「そやげ」

仁淑《インスギ》と福順《ボクスニ》は互いに顔を見合わせて栄春《ヨンチュニ》を見た。栄春《ヨンチュニ》は「仕様ない姐《ね》さんらやな」と苦笑する。

「それにしても、昌利えらい一人前の口たたくようなったな。私とこ住み込んでたとき言《ゆ》たらついてるもんの先皮剝けてないチョンガ（未婚男性）やったのに」。仁淑《インスギ》は感慨深げに言った。

「姐《ね》さんとこ住み込んだお蔭で昌利のついてるもんの先皮剝けたやげ。な、姐《ね》さん」と言って福順《ボクスニ》は栄春《ヨンチュニ》の顔を見た。栄春《ヨンチュニ》は「よ言《ゆ》わ」といわんばかりに目を剝いた。

「皮剝けるで思いだしたけど、だいたい、うちのおっさんチョンニョン（総連）引っぱったん墓見るおっさんやげ」。仁淑《インスギ》は積年の思いを吐き出す機会を得たとばかり目を輝かせた。

「サデジュイ（事大主義）の皮剝いてコンサンジュイ（共産主義）の考え持たな立つもんも立たんとかしぼむとかけったいなことうちのおっさんに吹き込んでからに」

「ほんだら、姐《ね》さんのおっさん立つもんちゃんと立って姐《ね》さんええ気持ちなってる言《ゆ》ことやな」

「アイゴ、姐《ね》さん、それ大《おっ》きコカイ（誤解）や、うちのおっさんコンサンジュイ考え持たんでも毎晩立ってたやげ」

「アイゴ、このすけべ姐《ね》さんが」

「言《ゆ》わしてるの姐《ね》さんの方やげ」

「マッスダゲ（当たり）、ハッハハ」

福順《ボクスニ》と仁淑《インスギ》はからだをよじって笑った。

「相変わらずやな」と呆れ顔の栄春《ヨンチユニ》もつられて笑った。しかし、すぐに栄春《ヨンチユニ》は真顔になって仁淑《インスギ》に訊いた。

「姐《ね》さん、墓見るおっさん何処住んでる」

「姐《ね》さん、コンサンジュイ考え昌利に持たそ思てるのか」。仁淑《インスギ》はとんでもないといわんばかりに栄《ヨン》春《チユニ》を見詰めた。

「昌利のお父《と》さんの墓建てよ思てる」

栄春《ヨンチユニ》の説明に仁淑《インスギ》は「そか」とうなずいて神妙な顔つきになった。

「昌利のお父《と》さんのユコツ（遺骨）善光寺に置いてる言《ゆ》てたな、姐《ね》さん」。仁淑《インスギ》が訊いた。

「そやげ。ほんまあそこにユコツ置いてたらなんや胸せつななってくる。死んだら私の骨もあんな物置きみたいな薄暗いとこ置かれるか思たら死ぬのわびしなってくる。ま、死んだらそれまでやけど、ハッハ」。栄春《ヨンチユニ》は寂しく笑った。

「そや、死んだらそれまでやで、姐《ね》さん、ハッハ」。仁淑《インスギ》と福順《ボクスニ》は相槌を打って笑った。笑いが収まると仁淑《インスギ》はタバコに火を点けて栄春《ヨンチユニ》を見た。

「墓見るおっさん住んでるとこ言《ゆ》たら、姐《ね》さん、チョソンハッキョ（朝鮮学校）あるとこや」

「チョソンハッキョ言《ゆ》ても、姐《ね》さん、チョソンハッキョあっちこっちあるで」。福順《ボクスニ》が口をはさんだ。

仁淑《インスギ》はタバコの煙りを吐いて「そんなこと言《ゆ》われんでもわかってる」といわんばかりに顔をしかめた。

「チョソンハッキョあっちこっちある言《ゆ》ても墓見るおっさんの家あるチョソンハッキョ言《ゆ》たら一条通《いっちょと》りから路地入ったとこにあるチョソンハッキョに決まってるやげ」

「あんなとこに墓見るおっさん居てたか、姐《ね》さん」。福順《ボクスニ》は首を傾《かし》げる。

「姐《ね》さん知らんだけや、嘘思うねんやったらいっぺん行ってみ。私今言《ゆ》たチョソンハッキョの前にぼろいっぱい集めた家ある。そこが墓見るおっさんの家や」と言って仁淑《インスギ》はタバコを灰皿の底に押し付けて火を消す。

不意にばねが弾けたように栄春《ヨンチュニ》が背筋をぴんと伸ばして、

「ほんだら墓見るおっさん住んでるとこのチョソンハッキョ言《ゆ》たら昌利のお父《と》さんのサンチュン（叔父）家族〝北〟帰る前記念撮影したとこやげ」と感慨深げに告げた。

「アイゴ、なんでまたペルゲンイの国帰った」

いかにも不満だといわんばかりの顔つきで仁淑《インスギ》は訊いた。栄春《ヨンチュニ》は深呼吸する調子で記憶を辿った。

「昌利のお父《と》さん『国が一つなるまで猪飼野おったらどないですか』言《ゆ》て引き止めた。そやけど、サンチュンもウォンチベの人間やげ、頭へんこつやから『わしが国行って統一事業する』言《ゆ》て昌利のお父《と》さんの言《ゆ》こと鼠のフン程度も聞かんかった」

「チッチ、ペルゲンイの国行ったらそれっきりやのに」。仁淑《インスギ》は言外に「気が知れんわ」といったニュアンスをこめた。

「それっきりや言《ゆ》ても自分の国やから、イルボンサラム（日本人）に気兼ねせんでもええ分だけ精神楽と違うか、姐《ね》さん」と福順《ボクスニ》が口をはさむ。

「なに言《ゆ》てるの、姐《ね》さん。猪飼野居てて誰に気兼ねすることある」。仁淑《インスギ》はいくぶん興奮気味だ。

「そら猪飼野居ててなんも気兼ねすることないけど自分の国やったらもっと気兼ねすることないのと違うか言《ゆ》てるのや、私は」

「チッチ、自分の国言《ゆ》てもペルゲンイの国やで、姐《ね》さん」。さも仁淑《インスギ》は「気確かか」といわんげに福順《ボクスニ》を見詰めた。

「ペルゲンイの国言《ゆ》ても自分の国は自分の国やげ、な、姐《ね》さん」と福順《ボクスニ》は栄春《ヨンチュニ》に同意を求めた。

「サンパルソン（三十八度線）あるからもめることとなる」

ふっと溜め息をついた栄春《ヨンチュニ》は玄関口に差し込んだ陽光の淡い明るさと土間のよどんだ陰りとの境目に止まった蠅をぼんやりと見詰めた。


元達五《ウオンダルオ》の墓を建てたいという思いが「おかず代」の観念と対になって栄春《ヨンチュニ》の意識にからみつき離れなくなった。墓を建てることが元家《ウオンチベ》を救済する唯一の方途であると栄春《ヨンチュニ》は信じた。「そやげ、昌利のお父《と》さんの墓建てたらウォンチベ運ましなる」。そう自分に言い聞かせる栄春《ヨンチュニ》のからだの芯から力がみなぎる。しかし、「おかず代」を乞うのも気兼ねしなければならない昌利に「墓代」を切り出すことは漢拏山の上から飛び下りるぐらいの勇気が要ることだった。

　物事には順序があるわけだからいきなり昌利に「墓代」を切り出すのは得策ではないと判断した栄春《ヨンチュニ》は「情報」という言葉を知っていたわけではないが、「情報」に当たるものを入手することから手掛けることにした。それは新聞に折りこまれているチラシだった。

　家を求めるものは自然と不動産のチラシに目がいくように墓を求めるものは墓のそれに目がいくものだろう。もっとも、教育というものをなにひとつ受けたことのない栄春《ヨンチュニ》が新聞の折りこみ広告から墓のチラシを的確に選り分けて取り出すことは不可能だ。

　栄春は朝刊の束になった折りこみ広告を一枚一枚広げて刷り込まれた「絵」をなめるように読んだ。ダイコンとかいわしとか肉の「絵」であれば「市場」といった具合に。さながら探険隊のような目付《ヌン》き《チ》で栄春《ヨンチュニ》は「墓」のチラシを物色した。

　数ある中からそれらしいチラシを見つけるや栄春《ヨンチュニ》は「これなんのココク（広告）や」と和子に訊く。和子はその都度適当に気楽な気持ちで答え返す。いつのまにかチラシの「絵解き」が母娘の朝の挨拶になった。

　元達五《ウォンダルオ》の一回忌《ソサン》を前にしたつつじの咲く季節のことだった。国際版に「韓国で軍部が反共クーデター」という記事が載った朝刊の折りこみ広告の中に「墓」のチラシがあった。そのチラシには土地の区画図らしい「絵」が描かれていた。はじめ栄春《ヨンチュニ》は不動産関係のチラシかと思って捨てかけた。ところが、不思議にもチラシは指に吸い付いたように離れなかった。

直感的に「ひょっとしたら」と思い、栄春《ヨンチュニ》はさっそく和子を傍らに呼び寄せて、「これなんのココクや」と訊いた。和子はいつもの調子で無邪気に「絵解き」をした。

「お母《か》ちゃん、お墓の分譲地がどうのこうのて書いたるわ」

「ほんまか。場所どこや」。興奮に打ち震えて叫ぶように栄春《ヨンチュニ》は言った。

「三笠霊園やて」。栄春《ヨンチュニ》の興奮に感染した和子はいくぶん言葉を震わせた。

「三笠レエン?」。頭の中に「霊園」という語彙がないため栄春《ヨンチュニ》には「レエン」としか聞こえなかった。

もっとも、だてには他郷暮《タヒヤンサ》らし《リ》を送ってきてはいない。生活の勘というやつで、「レエン」が「墓あるとこ」と同義語であることぐらい栄春《ヨンチュニ》はわかった。

さて、元達五《ウォンダルオ》の墓を建てるのにいくら金がかかるかということだが、チラシを読み取った和子の話によれば標準タイプの墓地と墓石でおよそ三十万円になる。漠然と「墓代」を思い描いていた栄春《ヨンチュニ》はうなった。「おかず代」に事欠く現実からは三千里も彼方にある夢の額だった。

しかし、墓を建てることが元　家《ウォンチベ》救済の唯一の方法と信じこんだ栄春《ヨンチュニ》は「なんとかなる」と自分を説得した。考えてみれば、「なんとかなる」という精神が他郷暮《タヒヤンサ》らし《リ》の栄春《ヨンチュニ》を支えてきたともいえる。

「そやげ、なんとかなる」。そう自分に言い聞かせた栄春《ヨンチュニ》の表情はさっぱりしたものになった。

栄春《ヨンチュニ》は「三笠霊園」のチラシを丁寧に四つ折りにしてお守り袋のようにからっぽの財布にしまいこんだ。痩せたからだにピンと張りが出て動作に活気が溢れた。

生き生きとした栄春《ヨンチュニ》が哲明の目には景気よさそうに見えたのだろう。哲明は栄春《ヨンチュニ》の財布にお金が詰まっているとにらんだ。

電気ごてで装飾板を貼りつけたハンドバッグの口金を古新聞に包む栄春《ヨンチュニ》の傍らに哲明はどかっと座りこんだ。哲明の背後に元達五《ウォンダルオ》の遺影が見える。

「お母《か》ちゃん、問題集買う金くれよ」

本来なら、頭から栄春《ヨンチュニ》は「勉強せんもんがなんで問題集買う金要る」と哲明をなじるところだ。幸い、元《ウォンチベ》家の救済方法を見つけた栄春《ヨンチュニ》の心には余裕があった。栄春《ヨンチュニ》は財布を取り出し「見てみや」とからっぽの中身を披瀝した。

「お母《か》ちゃんの財布に金入ってたためしないな」。ぶぜんとした表情の哲明はそれでも目敏《めざと》く四つ折りにされたチラシを見つけさっと取り出した。

「なんやの、これ」。哲明はチラシをかざしてしげしげと眺めた。

「お前の手なんでそんなすばしこいんや」と言うが早いか栄春《ヨンチュニ》は哲明が「あっ」と驚くほどの早業でチラシを奪い返した。

「お母《か》ちゃん、スリでもいけるで」。今度は哲明が栄春《ヨンチュニ》を凌ぐ早業でチラシを再び掠め取る。

「ええから、それこのお母《か》さんによこせ」

「お母《か》ちゃん、これで何かもらえるんと違うか」

呆れ返った栄春《ヨンチュニ》は仕様がないといわんばかりに切り札を出す。

「そない言《ゆ》たらお前カスコ（和子）の貯金箱から金盗んだな」

「人聞き悪いこと言《ゆ》わんとってや。ちょっと借りてるだけやねんから」

「アイゴ、お前みたいな人の物ことわりなし借りること世の中で盗んだ言《ゆ》やげ」

「心配せんでもちゃんと出世払いする」

「チッチ、勉強しっかりしてからえらそな口たたけ」

「ええねん、おれ知能指数高いから」

「なんや、それ」。生活の勘を働かせてはみても「知能指数」という専門用語は栄春《ヨンチュニ》の手に負える代物ではない。

「要するに、おれ頭がええいうことや」

「頭ええお前がなんでコリツ（公立）のココ（高校）いけるだけの成績ないねん」

「ちょっと授業さぼり過ぎたんや」

「このお母《か》さんお前ぐらいキョユク（教育）受けてたらチャールサラ（いい暮らし）してるやげ」

「お母《か》ちゃんやったら間違いないわ。そやけど、おれかって私立でも行かしてくれたらチャールサラできるで」

「お前に私立行かせる金どこある」

「兄貴女とこ行く金あんねんから、おれ私立行かせる金あってもええやんけ」

「お前よう考えてみ、昌利長男言《ゆ》だけでみんなの面倒見なあかん。どんな女かこのお母《か》さん知らんけど気晴らし程度やったら女とこ行っても別にええ」

栄春《ヨンチュニ》は行きがかり上昌利を弁護する羽目になったが、実際、長男が哀れに思えた。しかし、その一方で心の底に昌利がまたぞろ女と駆け落ちするのではないかという不安が頭をもたげた。「アイゴ、そんなことさせへん」という思いが辛うじて不安をねじふせる。

「なにがみんなの面倒や。借金取り増えてくるだけやんけ。兄貴自分だけええ思いしとんねん」。哲明の不満はとどまるところを知らない。

「あほなこと言《ゆ》な」

「ほんまのことや、ちょっとはおれのことも考えてまともに金出してくれたらええねん。何か言うたら、『英語の教科書全部訳してみ、そしたら高校行く金出したる』て、こうや。頭からおれ馬鹿にしとる」

「悔しかったら昌利言《ゆ》た通《と》り英語のキョカソ（教科書）訳したらどないや」

「訳せるぐらいやったら苦労せえへんわ」

「お前頭ええのと違うかったか」

「それとこれとは別や」

「にわとりのタマンコ（卵）とうずらのタマンコ別や言《ゆ》ことわかるけど、お前のそれとこれ別や言《ゆ》ことこのお母《か》さんわからん」

「ああ」と哲明は嘆息をついたかと思うと突然真顔で、

「お母《か》ちゃん、なんでおれ生んだん」と訊く。

栄春《ヨンチュニ》は苦笑して、元達五《ウォンダルオ》の遺影を見詰めながら、

「そんなこと死んだお父《と》さんに聞け」と言った。栄春《ヨンチュニ》の視線を辿って振り返った哲明も遺影を眺めた。

「貧乏やねんから生むの控えとったらよかってん」

「兄弟いてたら助け合っていけるからええもんと違うか」

「どこがええねん。貧乏が増えただけや」

哲明はまわりに散乱している新聞紙のひとつをチラシを持った手ではたいた。ビリッと裂ける音がした。「アイゴ、大変や」とばかり栄春《ヨンチュニ》は事態の成り行きを見極める顔つきになった。幸いなことに、チラシは無事で古くなって乾燥した新聞紙が破れていた。ホッと一息をついて栄春《ヨンチュニ》は哲明を諭した。

「貧乏はお前のお父《と》さんの国日本に食われる前から貧乏やってんから、ちょっとぐらい貧乏増えても水溜りに水こぼす程度のことや思たら腹も立てへん」

「お母《か》ちゃんはそれでええか知らんけど、おれにしたらえらい災難や」

「どっちにしても昌利のこと恨んだらあかん。恨むんやったらこのお母《か》さん恨め」

栄春《ヨンチュニ》の凄みのある言いかたに哲明は一瞬たじろいだ。しかし、からだの芯からこみあげてくる怒りに顔を真っ赤にして哲明は一気にまくしたてる。

「兄貴のやりかたがへたやからお母《か》ちゃん頼母子の親から金催促されるし、財布の中は空っぽのままやし、おれは高校にも行かれへん。畜生、畜生」

それでも、まだ気がおさまらない哲明はやにわに立ち上がると壁に頭を打ちつけた。衝撃で元達五《ウォンダルオ》の遺影がずれた。

「アイゴ、なにするや」。栄春《ヨンチュニ》はあわてて哲明のからだを引っ張る。哲明はありったけの力を振り絞って栄春《ヨンチュニ》の手を払い、再び壁に頭を打ちつける。その拍子に哲明の手に握られていたチラシが壁にはさまれてちぎれる音がした。

栄春《ヨンチュニ》は焦った。「このままやと哲明の頭もチラシもペケなってしまう」。そう思った瞬間、ガタッと音をたてて遺影がみかん箱の上からずり落ちた。

「アイゴ、クンニリヤ（大変や）」と叫んで栄春《ヨンチュニ》は駆け寄り遺影を抱き上げた。

昌利はちょうどそのときエンジンのかかりの悪い単車を始動させようとして二十何回目かのアクセルペダルを踏み込んだところだった。昌利の「いらち」は極限に達していた。

「くそったれ」。昌利は力にまかせ単車を押し倒した。

二階の異常を察知した和子が昌利にそのことを告げようと表に飛び出たが、逆に目前の光景に驚かされた。横倒しになった単車のエンジン部から地面にもれた血のような油のしみはまだいいとして、荷台のかごから散乱した納品の品物が昼下がりの日差しに鈍く照り返っている様は和子には衝撃だった。

見る間に顔は青ざめてひきつり、からだはわなわなと震えた。

「なんやねん」と昌利は妹をにらみつける。

妹は目にいっぱい涙をためて辛うじて、

「哲明の様子が変やわ」と告げた。

「ほっとけ」。昌利の一喝に和子はこらえ切れずに泣いた。しかし、和子は「お母《か》ちゃんも一緒にいてる」と訴えるべきところはきちっと押さえた後、新聞紙の包装が破れて剝きだしになった品物を拾い集めた。

「チェッ、それがどないしてん」。ふてくされた口調で昌利はなおもつのる思いをぶつぶつとつぶやいた。そのつぶやきは和子には「どいつもこいつもほんまに」とも「わしの人生いったいなんやねん」とも聞こえた。

憎悪の塊を靴先にこめて単車の前車を蹴りあげた昌利は頭を掻きむしる。

「どないでもなったらええねん」

捨てぜりふとは裏腹に昌利は〈トットナリ〉の粗末な玄関口に飛び込んで二階に駆けあがった。


からみついた「おかず代」と「墓代」の観念のすきまから死の鬼神が立ち現われたのはこのあたり

である。

「墓がなんぼのもんやねん。あほらしもない」

昌利の言葉に元家《ウォンチベ》救済の願いが絶たれた栄春《ヨンチュニ》は生きる望みを無くし、「アイゴ、ミョルマン（滅亡）やげ」と慨嘆した。

運《チェス》がないのは栄春《ヨンチュニ》か昌利かというところだが、まあ要するに元家《ウォンチベ》自体がそうと言えた。だからこそ栄春《ヨンチュニ》は故人の供養を「墓」という形で昇華したかった。それが昌利には理解してもらえなかった。

悲しみの泉が枯渇し栄春《ヨンチュニ》の胸中に虚無が広がった。

〝どんぶりこ〟の職人が前借りを踏み倒して行方をくらませたのもこの頃である。

「畜生、やられた」。悔しさに口金を床に叩きつける昌利に哲明がさながら火に油をそそぐように口をはさむ。

「大体、お母《か》ちゃんにもおれにも金けちるからこんなことなんねん」

「なにを」

昌利が投げつける口金の先端が哲明の額に当たる。壁に頭を打ちつけた際の傷がまだ癒えていない額から真っ赤な血が吹き出す。

「血が出た」とわめきながら哲明は金属の破片が無数に突きささって埋もれた床の上を転げ回る。

「お母《か》ちゃん、お母《か》ちゃん」と和子は哀れなリスのように右往左往し栄春《ヨンチュニ》に救いを求めた。

虚無が広がった栄春《ヨンチュニ》の胸中にもはや感情は波立つことはなく、むしろ引き潮のように退行していった。

警告通り頼母子の「子」を多数引きつれて元家《ウォンチベ》に押しかけたものの、栄春《ヨンチュニ》の何処を見るともなしに見る虚ろな眼差しと反応のなさに足をすくわれた恰好の〈親〉は、

「アイゴ、姐《ね》さん、精神《チョンシン》しっかりしや。一遍医者でも行って診てもろたらどないや。ほんで、金ちょっとずつでもええから返してや、な」と気遣いと懇願の入り交じった感情を吐露する有様だった。

しばらく顔を合わせていないということで「電話しよか」と思いたった福順《ポクスニ》は、しかし、つい〝ポッタリ〟の品物の仕入れにかまけて時間の流れに身を任せ、仁淑《インスギ》が黄昏の賑わいを呈する朝鮮市場を突っ切って駆け込んで来たときはすっかり韓国に立つ準備が整っていた。

「大変やげ」

「なにが」

「栄春《ヨンチュニ》どっか行ってしもておれへんなってしもた」

「それど言《ゆ》こと」

「ど言《ゆ》こともあ言《ゆ》こともあれへんがな、姐《ね》さん。栄春《ヨンチュニ》あの〈トットナリ〉出て行った言《ゆ》ことやげ」

「いつ」

「おとつい」。ここで仁淑《インスギ》はふっと一息入れ、そしてまたぞろ話を続けた。

「栄春《ヨンチュニ》の頼母子の〈親〉名前何言《ゆ》た」

「大統領夫人のチマと同《おんな》し生地で作ったチマ着てる言《ゆ》て自慢してるあの姐《ね》さんのことやな」

「そやげ」

「それやったら林文朱《イムムンジュ》やで、姐《ね》さん」

「それや、その文朱《ムンジュ》にこの前会《お》たんや」

「何処で」

「ほら、姐《ね》さん、蒲生四丁目に〝ジャンジャン〟言《ゆ》サパクラブあるの知ってるやろ」

「知ってる」

「キボギ〝ジャンジャン〟行って気晴らしやろ言《ゆ》から一緒に行った」

「チッチ、私キボギ好かん。口開いたら『ペルゲンイ（赤）捻り潰さなテハンミングック（大韓民国）危ない』て、こればっかしや」

「あの姐《ね》さんコヒャン（故郷）ピョンアンド（平安道）で朝鮮戦争のとき南逃げて来た口やからな、ペルゲンイ憎む気持ち本物やげ」

「そやから、婦人会の幹部やってれるわけや」

「そ言《ゆ》うことなるな」

「私それがまた余計好かんわ」

「キボギの悪口言《ゆ》てたら、姐《ね》さん、パスポト取られへんなってポッタリあがったりなるで」

「そやげ、それがつらいとこや。ほんで、なんで、姐《ね》さんキボギと一緒に〝ジャンジャン〟行くことなった」

「チョンニョン（総連）パッカルバン（直訳すれば朴老人《パクハルバン》ということになるが、ここでは大統領を指す）反対して集会開くから、民団パッカルバン賛成する集会開く言《ゆ》ことや。ほんで、私にも集会出て言《ゆ》ことや」

「姐《ね》さんのおっさんチョンニョン言《ゆ》ことキボギ知ってるのか」

「そら、知ってるで」

「ほんだら、姐《ね》さんのおっさんパッカルバン反対する集会出て、姐《ね》さんパッカルバン賛成する集会出る言《ゆ》ことなるな。こら、姐《ね》さん、夫婦別れやで」

「ほんまや、ハッハ」

「そ言《ゆ》たら、なんやで、私プサン（釜山）でポッタリしてるときやった。ハックセンドゥル（学生達）パッカルバン反対言《ゆ》てデモしてた」

「チッチ、あっちのハックセンドゥル何でもかんでも反対やからな」

「鉄砲持つサラム（人間）鉄砲持つの仕事やのに大統領なるから世の中ややこしなる」

「イスンシン（李舜臣）みたい強いサラム大統領ならんと北に負けるやげ」

「なんで姐《ね》さん」

「なんで」

「わしはパッカルバンみたい顔わるいことない言《ゆ》て、ハッハ」

「アイゴ」

「まあ、パッカルバンのことはええから、姐《ね》さん、〃ジャンジャン〃で文朱《ムンジュ》に会《お》てどないした」

――私気持ちよさそにヤンサンド(陽山道)踊ってたら、誰か私のチョゴリ引っ張ったやげ。どうせけったいなおっさんやろ思て、私「何すんねん」言《ゆ》て力道山みたい相手に空手チョップ食らわしかけた。ほんだら、なんと相手は文朱《ムンジュ》やった。

文朱《ムンジュ》が秘密教える顔して私に何か言《ゆ》たけど音楽でよう聞こえんかった。こっちから話やりたい思う相手違うから、聞こえんでも適当に聞こえるふりしてうなずいてた。そしたら、文朱《ムンジュ》私のチョゴリの袖引っ張ってテーブルのとこまで連れてきた。

「姐《ね》さん、まあ一杯飲みや」言《ゆ》て私にビルついだやげ。私えらい馴れ馴れしいな思てそっけなくこない言《ゆ》た。

「何の用事」

「姐《ね》さん、友達やからわかるやろ」て、もったいぶった言い方するから、

「姐《ね》さん、なんのこと言《ゆ》てるや」言《ゆ》てにらみつけたった。

「栄春《ヨンチュニ》の頭やげ」

「栄春《ヨンチュニ》の頭どないした」

「おかしなった思えへんか」

「なんで栄春《ヨンチュニ》の頭おかしなる」

「こないだまでの栄春《ヨンチュニ》まともやったけど、先週頼母子の利子払《はろ》てもらお思て栄春《ヨンチュニ》のとこ行った。そしたらどないや、魂抜けたみたいなってた。栄春《ヨンチュニ》になにあったか姐《ね》さん知ってたら教えてもらお思たんやけど、姐《ね》さん、知らんみたいやな」

最初、文朱《ムンジュ》が私かついでるやろぐらい思てた。そやけど、だんだん気になって三日目に栄春《ヨンチュニ》とこ電話した。電話に出たん昌利やった。

「お母《か》さん居てる」

「市場に買い物行った」

「お母《か》さんの様子どや」

「別に変わりない」

「お母《か》さん魂抜けたみたいなったて聞いたけど」

「猪飼野の人間はちょっとしたことでも大袈裟に噂するから」

「ほんだらやっぱり文朱《ムンジュ》が言《ゆ》たこと嘘やな」

「文朱《ムンジュ》て誰」

「頼母子の〈親〉やげ」

「どうせあることないことあっちこっちで広めてるんやろ」

「昌利もいっぺん聞くけど、ほんまにお母《か》さんの様子なんともないねんな」

「ない」言《ゆ》て昌利電話切った。

まあ、ええわ思てそのましてたら、今日なってカスコ私とこ来て泣きながらこない言《ゆ》た。

「お母《か》ちゃん、おとついの朝市場行ったきり戻ってけえへん。お父《と》ちゃんの写真持って行ってる。お母《か》ちゃん死ぬ気や」

このときなって文朱《ムンジュ》言《ゆ》たことほんまやってんな思てえらい後悔した。文朱《ムンジュ》が言《ゆ》た話聞いた次の日さっさと栄春《ヨンチュニ》とこ電話するか直接行っとったらよかったんや。ほんまに、このあほが――

仁淑《インスギ》は自分の頭を拳で二、三回叩いた。

「あほは姐《ね》さんだけ違う。この私もあほやった」。福順《ボクスニ》は〝ポッタリ〟の品物を眺めながら深い溜め息をついた。


死の鬼神に導かれるようにして風呂敷に包んだ元達五《ウォンダルオ》の遺影を市場籠に入れた栄春《ヨンチュニ》はプレスの前に立つ昌利を虚ろだが澄んだ眼差しで見詰め「よろしく頼むな」とひとりつぶやいて〈トットナリ〉の表に出た。

かつて済州島を離れた無垢の栄春《ヨンチュニ》は日帝時代下にあっても希望はあった。しかし、異国の生活はさながら希望という名の蟹が足を一本ずつもぎとられていくようなものだった。まして他郷といえど永く住めば故郷となるものを、栄春《ヨンチュニ》はその故郷からも追われた。

苦行と悲哀の足跡だけを残した元家《ウォンチベ》の〈トットナリ〉を一瞥して栄春《ヨンチュニ》は死場所へと一歩踏み出した。

いっさいのこだわりがぽろりと落ちた栄春《ヨンチュニ》は残暑の日差しが照り返る運河沿いの道を歩いた。

これまでひたすらそのために身を粉にしてきた生活が虚無の彼方に遠のいた今この瞬間、猪飼野の街はただ通り過ぎていく光景でしかない。

俊徳橋、万才橋、奥田橋が架かる運河にまつわる記憶のうち、とりわけ〈トットナリ〉の奥に住んでいた少女のそれは運河沿いの欄干を突き破って落ちたときの顔——右半分は血で真っ赤、左半分はヘドロで真っ黒——がやがてマージャン狂の父の青酸カリ自殺の巻き添えで蠟のように白く冷たく鼻から口にかけて一筋の血が鮮かに凝固した死の顔になるという悲しい結末を迎えたわけだが、その記憶ももはやこれから先蘇ることはないだろう。

運河に面した糊引き工場から流れる三橋美智也の「哀愁列車」のメロディーが遠い日の元達五《ウォンダルオ》を思い起こさせるや、彼の面影はたちまち泡のように消えた。

円照寺裏の保育園から届く歓声は漢拏山麓で戯れた無垢の栄春《ヨンチュニ》自身の幻影を済州島の海に飛ばす。そして、シャボン玉のように幻影がこわれたと思うと三十数年の忘却の淵から溺死した海女の海藻におおわれた顔が忽然と浮かぶ。

「栄春《ヨンチュニ》来いや」

「すぐ行くて、姐《ね》さん」。栄春《ヨンチュニ》の声にならないささやきと共に海藻におおわれた海女の顔は猪飼野を照射する晩夏の陽光にまぎれて見えなくなる。

耕整橋を渡れば御幸森小学校裏に仁淑《インスギ》がいて、御幸橋は朝鮮市場の路地を入ったところに福順《ボクスニ》がいる。苦楽を語り合えた仲間に今生《こんじょう》の別れをという思いが去来したのもつかのま、妙光寺横の路地から現われたダンボール集めの老婆《ハルマン》のよれよれの白いチマ・チョゴリが猪飼野新橋上で事故死した文子《ムンジャ》の死装束を思い起こさせた。その猪飼野新橋のたもとに栄春《ヨンチュニ》は文子《ムンジャ》の冥福を祈るようにたたずむ。

太陽が照りつける運河の表層に亀裂が走った瞬間、痩せた蛇が飛び跳ねた。

「ワーッ」と対岸に歓声が上がる。五、六歳の子供に混じって大人が石ころを蛇に投げつけている。石ころは虚無の深淵に吸い込まれるように運河のヘドロに飲み込まれた。痩せた蛇のうろこがキラリと光る。

漢拏山を遠くに眺めながら無垢の栄春《ヨンチュニ》に語ったはるか昔の老婆《ハルマン》の話が蘇る。

「チムニョン（金寧）にトッペギ言《ゆ》ばくち打ちいてた。からだ岩みたい頑丈なだけあって病気したことただの一遍もない上喧嘩ぱやく女触るのも早かったやげ。

それは夏の昼のことやった。

ばくちに負けたトッペギの前に蛇現われた。気むしゃくしゃしてたトッペギやにわに大きな石摑んで蛇叩き殺したやげ。次の日からトッペギ高い熱出してうなされた。漢方薬飲んだけど鼠のフンほども熱下がらんかった。そやってトッペギ百日昼夜区別なし熱うなされた。

不思議に思て家のもん占い師に見てもろた。

占い師言《ゆ》にはトッペギの熱蛇殺したせいやからシンバン（神房）に祈禱《クッ》してもらうほかない、言《ゆ》うとやった。

そこで三日三晩シンバンに祈禱《クッ》してもろたやげ。そしたら、どないや、トッペギの熱噓みたい下がった」

再び対岸に歓声が上がる。石ころの一つが蛇に命中した。蛇はもんどり打って仰むけにひっくり返り、ヘドロにまみれた腹が見える。

「カワソ（可哀相）に」

運搬用に改造した乳母車を猪飼野新橋上に止めて欄干から身を乗り出したダンボール集めの老婆《ハルマン》が栄春《ヨンチュニ》に相槌を求めるように言った。しかし、栄春《ヨンチュニ》は白いチマ・チョゴリの老婆《ハルマン》を見てはいない。

「止めときや」

ダンボール集めの老婆《ハルマン》の声をあざけるように対岸にまたもやドッと歓声が上がる。

「アイゴ」

枯れ葉のような嘆きを背に受けて猪飼野新橋を越えた栄春《ヨンチュニ》にはたったいましがたのハプニングはすでに遠い光景でしかなかった。

黄昏の国鉄鶴橋駅は乗降客で混雑している。

栄春《ヨンチュニ》の財布の中には十円玉が数個とボロボロになった三笠霊園のチラシが入っている。桜の宮までの片道切符を握りしめて栄春《ヨンチュニ》はプラットホームにたたずむ。線路に張り出したプラットホームの屋根の高さまで雑踏は渦巻いていて、線路の真上の空には黄昏の暗闇に晩夏の残光がたゆたい静寂が横たわる。

電車の接近を知らせるアナウンスが響く。

夕御飯時に「省線」に乗ることなどこれまでの人生においてあり得なかった栄春《ヨンチュニ》は車中の混雑にたじろぐ。サラリーマン、OL、学生、日雇い、主婦、隠居といった人達の中にあって風呂敷に包んだ遺影が入った市場籠をしっかりと胸に抱き締める栄春《ヨンチュニ》は場違いな存在といえた。

蛍光燈の光が反射する窓に映るやつれた自分の姿を栄春《ヨンチュニ》はじっと見詰める。

「もうあとちょっとの辛抱やげ」

水底に沈んでいくように黄昏の暗闇に埋もれる街の灯と二重映しになった自分に栄春《ヨンチュニ》はつぶやく。

「あっ、大阪城や」。車両の端から子供のはしゃぐ声が聞こえた。

「僕も大きくなったら太閤様みたいなるか」

「うん、なるで」

母子のたわいのないやりとりに車中に笑いが起こった。栄春《ヨンチュニ》は森の宮の高台にくっきりと浮かんだ天守閣を無表情に眺める。

光に包まれた天守閣が視野の片隅に遠ざかると、「省線」の土手沿いにへばりついたアパッチ部落が現われる。巨大な鶏小屋の稜線が暗闇に浮き出たようにアパッチ部落の黒々とした家並が続く。そこに住んでいたというヨンヒの青ざめた顔が切れて行く眼下の風景にかぶさる。

アパッチ部落から猪飼野に移って貼工となったヨンヒは五年の間幸福だった。六年目にベンゾール中毒症状である喀血をして破綻がきた。

「済州島《チェジュド》帰ってもなんもないけどそれでも一遍帰りたい」。そう言いながらヨンヒは生野病院の一室で息を引き取った。

電車は京橋駅に着いた。車中の人々がどっと降りる。両手で市場籠を抱えていた栄春《ヨンチュニ》は人々の流れに巻き込まれ海に浮かぶ樽のように揺れてくるくる回転した。遺影があわや市場籠から落ちそうになったが、栄春《ヨンチュニ》は渾身の力を振り絞って踏ん張る。次の瞬間、席があき転げ落ちるようにして栄春《ヨンチュニ》はシートに座り込む。

乗り込んだ客の割合は降りた客の四割程度だった。人垣の隙間から「省線」の東側の光景の断片が見え隠れする。その断片は光と闇の合成だった。抽象的な光景の断片をぼんやりと眺めていた栄春《ヨンチュニ》は視線を市場籠に転じた。風呂敷の結び目が解けていて元達五《ウオンダルオ》の顔がまぶしげにこちらを見詰めている。さりげない手付きで風呂敷を結び直すと、栄春《ヨンチュニ》は周囲の人々の好奇な眼差しを感じて目を閉じ線路の継ぎ目ごとにガタンゴトンと響く音に全身を委ねる。

空腹と疲労でからっぽになった頭の中に凧が舞い上がり済州島の空を旋回したかと思うと失速して漢拏山の麓に落ちた。山麓のすすきの白い穂がざわついた瞬間、ガクッとからだが揺れた。

「桜の宮、桜の宮」。車掌のアナウンスが響く。

栄春《ヨンチュニ》は降りる心構えで振り返る。

ピシャッと窓ガラスに当たった水滴が頬を伝う涙のように一筋の跡を引く。

「降ってきよったで」

「いやね」。男と女の溜め息がもれた。

雨に濡れはじめた窓のはるか彼方にホテルの隠微なネオンが暗闇に寄り添って輝いている。

幾組かのアベックに混じって栄春《ヨンチュニ》は桜の宮駅の改札口を出た。

俄かに激しさを増した雨のために誰もがうらぶれた駅構内に足留めをくらい、錆びた樋から漏れる雨水が構内の床に落下して跳ね返っていた。雨に抗うように立ちのぼった恋人たちのざわめきは渦を巻いて増幅した。

アベックの群れを離れてひとりぽつねんとたたずんだ栄春《ヨンチュニ》は「省線」の線路沿いに植わったチマをひろげたようにふんわりと丸みのあるつつじをぼんやりと眺める。ぼやけた視野の片隅を緩慢な速さで過ぎる電車の赤いテールランプがゆらめく。その赤いテールランプのゆらめきが消えて行く鉄橋越しに雨をはらんだ暗闇の空に突き出た巨大なクレーンの頂点にパイロットランプが明滅する。

なにかを思い出したように不意に視線を転じて十歩ほど先にある大きな桜の木を見詰める栄春《ヨンチュニ》はその桜の木の斜め下向こうに神経を集めた。構内からは見えないが、思いをこらす栄春《ヨンチュニ》には淀川に浮かぶ「龍王宮」が実感された。

済州島の海に棲む龍神がやってくると信じられている「龍王宮」で、朝鮮戦争が勃発した翌年海に没した舅《シアバン》と姑《シオモン》の霊を慰める祈禱《クッ》を挙げたのは一九五五年のことだった。

電車が到着するたびに雨宿りするアベックの数が脹らむ。栄春《ヨンチュニ》は弾き飛ばされるようにして駅構内を出た。アベックの群れにどよめきが起きる。

容赦なく降り注ぐ雨にたちまちずぶ濡れになった栄春《ヨンチュニ》は大きな桜の木を回りこんで狭い坂道を降りる。地面は岸からほとばしり出る雨水でぬかるんでいる。栄春《ヨンチュニ》は幾度か転びそうになりその都度踏ん張ったがついに足を滑らせてしりもちをつく。その拍子に胸に抱えていた市場籠から遺影が落ちた。すばやく泥水にまみれた遺影を拾い上げ風呂敷についた泥の塊を払い落とす。

ふと顔を上げると、目の前に淀川の水面が風にあおられて微かに波立っていた。そしてすぐ向こうに雨に煙った「龍王宮」がまるで海に浮かぶ小島のようにぼうと見えた。

〈トットナリ〉に似た建物の稜線をかすめて枝を垂らした神木はまるで聖地に舞い降りたおおがらすだった。ちょうど黒い羽毛に覆われたように黒々とした冠部を「省線」の鉄橋に点されたライトの反射光がぼんやりと照らし出す。

「ギェーッ」と内臓を絞りだすような声が聞こえた。

その声はあっという間に掻き消えて、あたりは突然天幕の内に閉じ込められたように異様な静けさに覆われた。耳鳴りを覚えた栄春《ヨンチュニ》は頭を強く振る。泥水のしずくが雨水に混じって額を伝わり目に入る。栄春《ヨンチュニ》は濡れた手を脇の下で拭い目をこする。

ぼうとかすむ視野に天満橋方面から緩慢な速さで鉄橋を渡って来る電車のライトが飛びこむ。視線をそらしてぬかるんだ地面から立ちあがると斜め頭上を電車が鈍い轟音をたてて通過していく。「龍王宮」に通ずる石橋は「省線」の鉄橋と段違いに平行して淀川の水面ぎりぎりに架かっている。市場籠をしっかり痩せた胸に抱きかかえて石橋を渡る栄春《ヨンチュニ》に橋桁の底から巻き上がる風が横殴りの雨を叩きつける。上体がぐらっとゆらぐ。栄春《ヨンチュニ》は踏ん張る。泥水をふくんだうすっぺらな靴の底から石橋の固い感触がつんとからだの芯まで伝わって、ふっと意識がなくなり頭の中が虚無になる。丸太棒が倒れるように栄春《ヨンチュニ》のからだが傾く。とっさに橋の欄干に手を伸ばしてからだを支えた栄春はふっと深く息を継いでもうろうとした眼差しを淀川の波立つ水面に落とす。

ダンボールの舟が橋桁にからむようにへばりついていた。それは神房《シンバン》が祈禱《クッ》を挙げた後、供物を入れて川に流したものである。ダンボールの舟には雨水が氾濫し供物がぷかりと浮いていた。ダンボールの舟はいまにも黒い川底に沈んでいく様子だった。

再び橋桁の底から風が巻き上がりダンボールの舟は横揺れしながら「龍王宮」の方へ流れ出す。半ば沈みかけてふわりふわりと「龍王宮」のきわまで運ばれたダンボールの舟は川の流れに押されて縁沿いを漂う。

栄春《ヨンチュニ》はダンボールの舟に導かれるようにして石橋を渡り〈トットナリ〉に似た建物の裏手から縁沿いに辿って「龍王宮」の先端に回りこむ。吹きっさらしの聖地にたたずむ栄春《ヨンチュニ》は雨をはらんだ暗闇の空高く伸びた神木を眺める。ひゅるひゅると鳴き声とも摩擦音ともつかないものが神木のあたりから聞こえた。
風にあおられてよろめき思わずうずくまる栄春《ヨンチュニ》の足下に神房《シンバン》が祭りの後に紅白の生地と疑似紙幣を燃やした黒い跡が見える。長い歴史がこめられた黒い跡はあざのように聖地にこびりついていた。雨が跳ね返る黒い跡を見詰める栄春《ヨンチュニ》の脳裏に一九五五年の祈禱《クッ》の断片が蘇った。

ポンポン船がのどかなエンジン音をたてて傍らを過ぎ去って行く「龍王宮」の聖地にテントを張り、夜を徹して祈禱する神房《シンバン》の口からもれた死者の言葉に打ち震えて合掌する元達五《ウオンダルオ》と栄春《ヨンチュニ》、神妙に頭を下げる昌利と通子、とまどいがちに手を合わせる和子と哲明、そしてあどけない表情で家族を見守る憲一。南天に掛かった月のあかりと聖地に揺らめく焚き火の炎が融合して〈トットナリ〉に似た建物に枝を垂らした神木の表層から暗闇をそぎ落とす。打ち鳴らす銅鑼の金属音の余韻がうねり神房《シンバン》の舞いに合わせるかのように神木は枝をふるわせる。神木の冠部のはるか彼方に北極星が石仏《トルブチョニム》様のように不動の眼差しを地上に落としていた。北極星の対角線上をちょうど南にたどると酒気を帯びて充血したように赤い星が源八橋の街燈のはるか上空の暗闇に埋めこまれていた。

いまダンボールの舟は雨に打たれる源八橋の方にゆっくりと押し流されて行く。頭の芯になお一九五五年の祈禱《クッ》の断片が明滅する栄春《ヨンチュニ》は市場籠から遺影を取り出し風呂敷の結び目を解く。雨粒が遺影のガラスに跳ね返る。

栄春《ヨンチュニ》は風呂敷を丁寧に折りたたんで市場籠に戻し遺影をぎゅっと痩せた胸に抱き締める。この瞬間、枯渇した感情の残滓が喉元で鳳仙花のようにはじけた。「うっ」とまるで虚無を吐き出すように栄春《ヨンチュニ》は嗚咽をもらした。雨にぐしょ濡れになって冷えたからだに熱いかたまりが脹らんだ。栄春《ヨンチュニ》はからだをよじって号泣した。

アイゴ、なんでこないなるや。私なんか罪なことしたか。罪なこと言《ゆ》たら頼母子の金食《く》たことや。何のためイルボン（日本）来た。こやって死ぬためか。チッチ、情けない。昌利チョンシン（精神）しっかりしてくれたら。育てかた間違《まちご》たか。イルボン来たこと間違《まちご》たか。済州島《チェジュド》いてたらヘンボゲ（幸福に）暮らせたか。腐った私のテガリロ（頭では）わからんことやげ。カスコや、お前家の犠牲なってこのお母《か》さんチョンマル（本当に）すまん思てる。そのお前にこんな言《ゆ》のもなんやけど、哲明もう中学卒業するからええ思う、そやけど憲一まだ小学生やから、憲一頼む。カスコや、アイゴ、お前ばっかし犠牲やな。このお母《か》さん、このお母《か》さん……。

額田の寺で真夏の陽光を浴びながらする滝《ムルマジ》あたりの水のように重い雨が打ちつづける。胸の奥に埋もれていた悲しみは尽きることのない泉にも似てとめどなく溢れた。

黒い跡がしみついた聖地に両膝をつけてにじりよる栄春《ヨンチュニ》は風にあおられて小さくうねる川面に漂うダンボールの舟が源八橋の橋桁をくぐり海のほうに流されて行きかけたところで沈むのを見た。「私も一緒に行くや」といわんばかりに栄春《ヨンチュニ》は虚無があんぐりと口を開けた淀川に身を乗り出す。けたたましく吠えたてる犬を引きつれて駆け寄る人の足音がした。

「姐さん、なにしてる」

時間が停止したように静寂が張りつく。


「ほんまに、姐《ね》さん言《ゆ》たら心配させてから」

福順《ボクスニ》は熱い高麗人参茶を栄春《ヨンチュニ》に差し出し、持ち出すばかりになっていた〝ポッタリ〟の品物を一瞥する。

「まあええや、心配だけですんで」

仁淑《インスギ》はいこいをくゆらせて深い安堵感にひたる。

地獄の淵から舞い戻った恰好の栄春《ヨンチュニ》はつきものがとれたすがすがしい顔をしていた。加えて固く胸に秘めたものが目の輝きに現われていた。

「私家出て商売始めよ思う」

「ムスン（なんの）商売」。福順《ボクスニ》が訊く。

「ホルモン焼き屋考えてる」

「ええことやげ」。満足げに仁淑《インスギ》がうなずく。

「一遍私死んだ。今の私ホルモン焼き屋するため生まれた私や」

「そ言《ゆ》ことも言《ゆ》えるな」。福順《ボクスニ》は感心して栄春《ヨンチュニ》をつくづくと見詰める。

「栄春《ヨンチュニ》はそこらの人間と違うで」。仁淑《インスギ》が賛嘆とも冗談ともつかない口調で言う。

「ほんまや、姐《ね》さんの言通《ゆと》りや。鼠のフンほども間違《まちご》てない、ハッハ」。福順《ボクスニ》が相槌を打ち愉快げに笑う。仁淑《インスギ》もつられて笑った。

栄春《ヨンチュニ》は澄んだ目に微笑を浮かべて、

「まあ、ホルモン焼き屋うまくいったら姐《ね》さんら呼んでチャンチ（宴）するわ」と言った。

「コマッスダヤ、姐《ね》さん。そしたらまずは前祝いや」

福順《ボクスニ》は立ち上がって台所に行き最初に酒を、次にもやし《コンナムル》、キムチ、明太《メンテ》、牛のこぶくろ、味噌のたれ《チョジャン》といったあてを用意した。

「アイゴ、オルシグチョルシグチョッタ」

仁淑《インスギ》は即興の踊りを披露するほどおおはしゃぎした。

準備が整ったところで仁淑《インスギ》が音頭を取った。

「チャールサラ（ええ暮らし）できるよチュッペ（乾杯）」

栄春《ヨンチュニ》は運《チエス》を呼びこむ気迫で酒を一気に飲んだ。

あとがき

日本国猪飼野《いかいの》という宛名だけで済州島から郵便物が届く街に育った僕は、今世紀の折り返し点にあたる一九五〇年に生まれた。

一九五〇年といえば朝鮮戦争が勃発した年でもある。その二年前の一九四八年には済州島でいわゆる「四・三事件」があった。

「四・三事件」と朝鮮戦争がなかったなら、あるいは僕は済州島の何処かで育ったかもしれない。なぜなら、済州島は僕の両親の故郷であったのだから。

障害物がなければ誰しも自分の故郷に帰るのが自然の成り行きというものだろう。

しかし、同族相食む二つの争いが両親をつまりは僕を猪飼野に押しとどめた。

もともと猪飼野は日本国が日帝と呼ばれていた時代に「君が代丸」に乗って漂着した済州島人《チェジュッサラム》が

辛酸をなめながら切り開いた街といえる。経緯はどうであれ永く居着いてしまえば「他郷」が「故郷」に転化するのもまたひとつの真理だ。

僕が自我に目覚めた幼年期の意識に朝鮮市場、運河、祭祀《チエサ》、政治、喧嘩、離別、慟哭、哄笑といった猪飼野の風景が混沌と綾なし沈澱した。夏の夕涼みにたむろする母《オモニ》と同年配の女たちは済州島の言葉であぁだこうだと語り合い、時には嘆き時には笑うといった具合に人生の哀歓を表出していた。また罠《わな》にはまった鼠を丸焼きにしては異臭を周囲に発散させるということで近隣から抗議を受けてもまったく意に介さない頑固で奇妙な老婆《ハルマン》がいた。

荒涼とした大病院の一室で父《アボジ》が亡くなった結果、僕の家族は離散する羽目になった。僕は姉に連れられて大阪の鬼門にあたる湿地帯の郊外に移り住んだ。中学二年生のときだった。

場当たり的な行政と現実主義の不動産業者が手を取り合って開発した新興住宅街に住んで僕ははじめて猪飼野（あるいは猪飼野的なもの）を相対化して見ることができた。それはさながら渡米した日本人が日本を相対化して捉えるような具合といえた。

猪飼野（あるいは猪飼野的なもの）とそうでない街（つまりは日本的なもの）との感覚的な落差は目も

くらむばかりだった。明らかに僕は日本国における異邦人であった。

異邦人とは辺境にさまよう旅人のようなものだろう。根を張り切れない宙ぶらりんの感覚が執拗につきまとう。寄る辺ない不安、焦燥、羞恥といったものに呪縛されて自己の存在を否定する心理の延長線上に、日本国に取り込まれたいという同化の思いが湧き出たところで不思議はない。


ところで僕の家族が離散したとき、母《オモニ》はどうしたかというと、古代の渡来人が開拓した加美鞍作のうらぶれた場末でホルモン焼き屋を開いた。玄武岩質の気性を持つ済州島の女は道端に放りだしてもしたたかに生きていくという伝説があるが、実際、その通りだ。

ただ、運の悪いことに母《オモニ》は慣れない水商売のため腸閉塞にかかり、あわや棺桶の厄介になる一歩手前までいった。幸い母《オモニ》は「アイゴ、いま死んでたまるか」とばかり生命力を回復した。もちろん、いまも健在である。

思えば、大阪には母《オモニ》のような済州島の女が遍在している。


僕は地下水脈のように流れ出る同化の思いを引きずりながら作家になることを夢見た。しかし、表現の方法が見つからなかった。

なんのことはなかった。僕の原風景にちらちらと見え隠れする済州島の女が持つさながらアリランのような「生理」があった。僕はこの「生理」の赴くままに猪飼野を書けばよかった。

ここに引き合いに出すのは気が引けるが、敢えて引き合いにだすと、ジョイスがダブリンにこだわったように僕は猪飼野に執着したいと思う。もっとも、猪飼野という地名は一九七三年に地図の上からは消えてしまっているが。しかし、気にすることはない。実態としての済州島人《チェジュッサラム》は地図上から消えた猪飼野の地になお、したたかに存在しているのだから。

本書の「帰郷」「蛇と蛙」は『季刊三千里』の三三号(一九八三年春)、三五号(一九八三年秋)にそれぞれ掲載されたものである。ただし、「蛇と蛙」の掲載時の題は「娘婿とカシオモン」だった。「喜楽園」「ムルマジ」「再生」は「在日」のある運動体が出していた〈アジュッカリ〉という小雑誌に発表したものを全面的に書き直した。「運河」「李君の憂鬱」はあらたに書き加えたものである。

本書の出版にあたってなにより草風館の内川千裕氏に深く感謝します。厳しく暖かい氏の叱咤激励があってこそ『猪飼野物語』はひとつのまとまりに達したといえます。そして、三千里社の編集部におられた時から何かと僕に表現発表の場を根回ししてくださった高二三氏にも心から感謝します。最後に、僕がひそかに尊敬する金石範先生に推薦文を書いていただいたことは望外の喜びであることを記しておきます。

元秀一

一九八七年初夏

猪飼野物語

著　者　元　秀一　won sooil
一九五〇年生まれ。大阪市生野区猪飼野で育つ。在留資格は特別永住。現在、小説を書くためのライフスタイルに移行。

装丁者　菊地信義

装　画　古内ヨシ

発行日　一九八七年七月七日　初版発行
二〇一六年九月二〇日　二刷発行

発行者　文正吉

発行所　株式会社 **草風館**
浦安市入船三―八―一〇一

印刷所　創栄図書印刷株式会社

Co.,Sofukan 〒 279-0012
tel/fax:047-723-1688
e-mail:info@sofukan.co.jp
http://www.sofukan.co.jp
ISBN978-4-88323-197-3

猪飼野打令

元秀一著　四六判　本体1、600円＋税　ISBN 978-4-88323-198-0

オモニの語りが紡ぐ猪飼野年代記。異国に暮らし、運命に翻弄されるオモニの嘆きを、伝統芸能「打令（タリョン）」の響きになぞらえ、スリリングな独自の文体で描く異色作。抱腹絶倒の会話。炸裂する十七文キック。せつない恋。僧舞と幻想即興曲。読後、あなたの目からうろこがきっと落ちます。